歌集

百四十字、老いらくの歌

ジムの鏡に映るこの俺老いらくの　殴ってやろう死ぬのはまだか

福島泰樹

Yasuki Fuushima

皓星社

百四十字、老いらくの歌＊目次

目次

装幀　間村俊一

扉　台東区立坂本小学校
昭和29年　6年2組
担任・福田義男先生と

I

道玄坂の歌

２０２１年２月21日（日）西條奈加『心淋《うら》し川』の小説の舞台「千駄木」一帯は、私の中・高時代の通学路であった。下校時は、不忍通りの裏道を都電に乗らず悪童共とよく、崖を下り千駄木ののどかな道を歩いたものである。

根津権現の楡の木陰で煙草ふかし無聊わかちし少年の日よ

２月22日（月）世田谷文学館「あしたのジョー」展を観てきた。「たとえ今日という日がどんなに惨めでも、拳闘を忘れねえかぎり、明日っていう口が開けるんだ！」。パネルの向こうから丹下段平の嗄れ声が聞こえてくる。

見たかジョー！　あの燃えさかる河岸《かわぎし》を、丹下段平「朝焼の歌」

2月23日（火）世田谷文学館で求めてきた漫画『あしたのジョー』最終回。世界王者ホセ・メンドーサとの死闘の末、コーナーに戻ったジョーはグローブを脱ぎ、リング下の白木葉子に手渡す。直後……。

「まっ白な灰」よ、喧嘩屋・矢吹ジョー　俺に燃え尽きたこと一度でもあるか

2月24日（水）お体の不調はありませんか。地区のボランティアからの、老人への労りの電話である。感謝して電話を切った。さすがに、コロナ禍で時間が出来、ボクシングジムへ毎日通い、体調すこぶる良好！　とは、言えなかった。

バンテージ汗の滴る練習着、充溢なるよザック背負えば

2月25日（木）不遇の生活と社会の中から誇り高く立ち上がった女性ボクサーを描いた「ミリオンダラーベイビー」（監督・製作・主演クリント・イーストウッド）を観た。女性で在ることの悲しみと祈り！　素直に感動している私がいた。

おんなゆえの涙ひかりて瞬けばサンドバッグの砂零れ落つ

2月26日（金）柳広司、小説『アンブレイカブル』（角川書店）を読んだ。特高警察が暗躍、凄まじい拷問が罷り通った時代。警察署で虐殺された小林多喜二、獄死した川柳作家鶴彬、哲学者三木清らを刑罰に陥れた捏造の数々……。

政・官・財、聯繫《れんけい》をして捏造の　戦時ならねど忖度の歌

2月27日（土）コロナ禍で外出が減り、ポカをやってしまった。金曜日夜は、ＮＨＫ文化センター青山教室「宮沢賢治を読む」日であったのだ！　心象スケッチ「春と修羅」執筆時の賢治は、首に手帖をぶら下げて歩いていた。せめて手帖だけでも開くこととしよう。

心象に標す言の葉、コロナ禍を吹く風さむきわが「春と修羅」

2月28日（日）「幸福を引き寄せる力は」「飲み会を絶対に断らない女」であることと、内閣広報官は言った。彼女の最大の「幸運」は、菅義偉に会ったことである（「東京新聞」2月28日）と発言したのは、蹶然として文部科学省を退官した前川喜平であった。

宰相の息子に招かれ出かけたの薄笑いして揉み手しただけ

3月1日（月）元日本赤軍重信房子から、毎月私が主宰する「月光」歌会に、《三陸の波にたゆたう魂魄の叫びに寒月海に落ちたり》が送られてきた。最高点をとったこの1首に、改めて収監中の氏の現在を思った。東北を襲った大津波から10年！

人は生き人は死にゆくそれゆえに戦い熄まぬ重信房子

3月2日（火）重信房子「暁の星」（「歌誌「月光」連載中）が、毎回胸を打つ。連赤事件で粛清された遠山美枝子を、《雪山に倒れし友は老いもせず若さのままにわが胸に棲む》と歌い、世界の悲惨を、《コロナ禍のシリア難民憂う春雪舞う三月開花宣言》と嘆ずる。

雪の舞う三月、開花宣言の春を祈らば暁の星

3月3日（水）毎月十日、吉祥寺「曼荼羅」で月例「短歌絶叫コンサート」を開始して37年！しかし、緊急事態宣言の延長で「3月10日」も危うくなってしまった。絶叫とは……。《たましいを声にあらわすことである心をこめて喉をふるわせ》

そうだともからだ震わせ叫ぶのだ悲しかったこと辛かったこと

3月4日（木）加藤英彦と「三ノ輪橋」停車場脇の酒場「気まぐれ」へ。会津の酒、わけても濁酒が堪《こた》えられない。「月光」編集部の竹下洋一、大和志保、晴山生菜、事務局の渡邊浩史と合流。昨夜原稿貫徹の眠たそうな加藤を囲み気炎を上げる。

時代の闇を背負って君は書いてきた窓に火花よ　スサノオ泣くな

3月5日（金）獄中・獄外45年のドキュメンタリー「狼をさがして」（監督キム・ミレ）試写会を観た。高度経済成長の只中、連続企業爆破事件が発生した。日本に影を落とす帝国主義の闇を抉れ！犯行グループは、東アジア反日武装戦線「狼」「大地の牙」「さそり」……。

嗄《しわが》れし声よ、拳《こぶし》を突き上げよ！　戦うゆえに「狼」死なず

3月6日（土）道玄坂を歩いた。クラシック喫茶「ライオン」の扉を開く。木製スピーカーも、ソファーの配置までもが昔のままだ。突如、時間が回り出す。窓辺のアベック席に、ひとり項垂れている学生服は俺ではないか。

告げることさえできないくせにだらしなくショパンのピアノ、涙している

淋しげにベレー被って立っていたムンク、マドンナ思いしよ俺は

3月7日（日）のどかな静かな駅であった。「渋谷」の変貌ぶりには舌を巻く。駅界隈で唯一変わらないのは、山手線プラットホーム1番線の、この場所……。1月の寒い夜だった。遠く催涙弾を撃つ音が聴こえ、歓声が谺した。ふり向くと、君がいた。

女学生と爆弾犯が絡み合う宮沢賢治、夢の彼方に

3月8日（月）「新宿ケイズシネマ」に出かけた。任侠映画の看板踊る「昭和館」跡地だ。地下にはピンク映画館もあった。瀬々敬久監督成人映画のタイトルは、なんと「わたくしといふ現象は」……。それにしても、上品な一郭となってしまった。

戦争で死んだ母さん、歴史とは……波に呑まれてゆきし人々

3月9日（火）緊急事態宣言延長で、毎月10日、吉祥寺「曼荼羅」での月例「短歌絶叫コンサート」も中止。赤崎店長は、「3月27日（土）1時開演と、4時開演」の2ステージを提案してくれた。東北大震災から10年！　3月は別れの季節、万物追悼の月であるのだ。

炎に灼かれ叫ぶ人々黒焦になった人々、ぼくは見ていた

3月10日（水）昭和20年「3月10日」超高空戦闘機「B29」334機、東京を爆撃、焼夷弾の雨を降らせた。一夜にして東京の4割が焦土、10万人が焼き殺された。今日、史上最大の大量虐殺から数えて76年！　逃げ惑う祖母の背中で2歳の私が見たものは……。

死者は死んではいない　髪や指の影より淋しく寄り添っている

3月11日（木）東北地方大震災から10年を迎えた本日午後3時、無念の死者を悼み、無謀な原子力行政を反省もなく繰り返す政官財への抗議の月例祈祷会を、「経産省前テントひろば」において、私たち「日本祈禱團」は開催する。死者は死んではいない！

拳あげ突きあげるひと叫ぶひと　曇り霞の老人ばかり

3月12日（金）原発事故から10年、昨夕「経産省前テントひろば」主催の反原発集会が経産省前で開催された。「トリチウム等放射能汚染水を海に流すな！」「エネルギー基本計画に原発ゼロを書き込もう！」。ゼッケンをつけた人々の中に、若者の姿はなかった。

3月13日（土）藤沢周『言葉である。人間である。』（言視舎）を一気に読んだ。副題には「読書術極意」とある。「東京新聞」連載書評「3冊の本棚」を一巻にしたもの。血を噴く短文の切れ味、その取り合わせの妙に泣かされていた。書物の心拍に耳を澄ませよ！

批評とは歓喜すること呻くこと　言葉の深層、炙り出すこと

3月14日（日）《ご放念をつておまへいいのかい空母だよくうぼ降りないのかい》……こうして戦争に乗せられ死んでいった国民。『前線』から50年、平井弘歌集『遣らず』（短歌研究社）が刊行された。やわらかに流れる意識の川、笹舟に乗って少年兵が帰還した。

村の戸口に立っているのは少年兵、平井弘や歳月きえる

3月15日（月）山下敬二郎、平尾昌晃、ミッキー・カーチスの「ロカビリー3人男」の動画を観る。１９５０年代末に始まった「日劇ウエスタンカーニバル」で躍り出た男たちだ。あの時代、貧しかったが夢だけは一杯あった。ヤマケイもマーチャンもすでにいない。

真っ白な御飯を山盛り食べるように憧れていた坊主頭が

3月16日（火）小説『上野坂下あさくさ草紙』が、人間社から改編復刻される。「本邦初！会話体幻燈小説」なる帯文。ボクシングジムへ通い始めた中年男3人が織り成す、人生の悲喜こもごも……。なあ、アキチャン、焼跡が俺たちの遊び場だったよなあ。

歯磨粉の蓋を開ければ今日もまたトタンの屋根に陽は昇りゆく

3月17日（水）「3月10日」、一夜に10万人が虐殺された「東京大空襲」の悲惨を、「曼荼羅」での月例コンサートで毎年叫び続けて来た。コロナ中止を挽回すべく、3月27日（土）1時と4時のツーステージで復活する。

燃えながら逃げゆく人を　泣きながら背中に隠れ見ていたのだよ

3月18日（木）12人の女たちへの人物ルポ、島崎今日子『だからここにいる　自分を生きる女たち』（幻冬舎文庫）を読む。圧巻は、元日本赤軍リーダー重信房子。懲役20年の刑期を、医療刑務所の独房で戦う彼女の心を支えたのは、父の存在であったのか。

世界のために生きよ信義をつらぬけよ！　昭和維新を夢みし父は

3月19日（金）上野千鶴子と、第一次羽田闘争の死者・山﨑博昭（18歳）とが、京大の同期生であることを、『だからここにいる　自分を生きる女たち』で知った。その追悼抗議集会が、ジェンダーフリーを戦う社会学者の今日に至る出発であった。

「ホン返ス……」少年の声、振り向けば山﨑博昭でないか風吹く

3月20日（土）列車の連結器にぶら下がる男と目が合った。昭和21年、疎開先の出雲からの帰路、立ち寄った広島「尾道」駅ホーム。祖母の背中に負ぶさりながら、3歳の私が目にした一齣である。時を経て、その男の暗い眼に凝視されることがある……。

暗い眼でおれを見据える男あり　はるか記憶の闇のまなこか

3月21日（日）3月は、別れの季節である。昭和19年、母道江、御徒町のガード沿いの病院で死去、26歳。私は1歳であった。以来、どれほどの人と別れを重ねてきたことであろうか。上野の山の桜は、おりしも満開であったと聞く。

御徒町のガードの上を流れゆく雲よ、省線電車はゆけり

3月22日（月）樋口一葉「たけくらべ」の舞台、下谷竜泉寺町で生まれた99歳の婦人を見送った。もう二度とあの粋な江戸言葉、涼しげで気風のいい東京弁を聴くことはないのか。男たちの息せき切った語り口調と共に……。

てやんでえあたりきしゃりき江戸なまり下町ことばの人滅びゆく

3月23日（火）荒川放水路に架かる橋の中央から、リールの糸を垂らした。棹が激しく撓り、眼下に巨大な魚影が走った。小松川大橋を走るハンドルの手は、勝利と敗北とが一瞬にして入れ替わった、少年の日の感触を覚えていたのだ。

釣り損じ釣り逃がしたもの数知らず、青魚、黒魚、わけても山女

3月24日（水）中原中也は、言葉を知る前の記憶を「名辞以前」と名付けた。……継母の背中から、ももいろに燃え上がる、果てしない焔の群落を見ていた。上野の山、博物館裏の桜並木である。昭和22年の春は、闌けようとしていた。

国敗れ焔のように炎えあがる「桜」の花の　名は知らなくに

3月25日（木）本日ヲモッテ我々4年生闘争委ハ解散スル。バリケード・スト突入以来、シベリア寒波ノ風吹キスサブ中、最後マデ闘イ抜イタ学友諸君……！　早大学費学館闘争「統一総括卒業式」から55年、今日3月25日。

涙滲ませ桜の花を見上げてたデモ指揮をする俺のまなこは

桜花爛漫の歌

3月26日（金）明日3月27日午後、吉祥寺「曼荼羅」。疫病蔓延のため、実に3ヶ月ぶりの「短歌絶叫コンサート」である。1時と4時の2ステージを、相棒・永畑雅人のピアノで桜花爛漫の春を叫び狂う。

生きるとは時代の悲しみ叫ぶこと首を縊《わな》きて死んだ人々

3月27日（土）コンサートが撥ね、井の頭公園へ向かった。池畔の桜は折しも満開。「みなさん、今夜は、春の宵。／なまあつたかい、風が吹く。」……誰かが、中原中也「春宵感懐」の一節を唱った。見上げれば桜の梢、雲間に月が……。

なまあったかい風よ桜よ雲よ月、泣き笑いして春を叫べば

3月28日（日）井の頭公園で想い出すのは、細川俊之扮する大杉栄と岡田茉莉子演じる伊藤野枝が、桜吹雪の池畔を歩いてゆく「エロス＋虐殺」の名場面である。監督は吉田喜重……。エロスよ、二人が虐殺されてから98年。

狂い咲く花の池畔に影映す　虐殺エロス春闌けてゆく

3月29日（月）こんな時だ、せめて小さな灯を点し続けよう！　私が主宰する「月光の会」では、休むことなく歌会を続けてきた。昨夕は35人が出詠。終了後、池之端を散策。おりしも池畔は桜花爛漫！　この路を君も歩いた。

大正の桜花吹雪けよ関根正二、スペイン風邪で死んでゆきにき

3月30日（火）3月21日、没後60年記念「歌人岸上大作展」（姫路文学館）が幕を降ろした。学芸員竹廣裕子さんの熱意が、４ケ月もの展示会を実現させた。60年安保闘争の歳晩、21歳で敗北死した男を、竹廣さんは愛情をこめて「岸上君」と呼ぶ。

生きていれば八十一歳、春はゆき老軀を風に吹かれているか

3月31日（水）魚村晋太郎歌集『バックヤード』（書肆侃々房）《無人機の射手は画面のまへにゐてナイフで首を刎ねたりはしない》の一首が、イラク戦争・以後の記憶を炙り出す。オレンジ色の服を着せられた日本人ジャーナリスト。

見殺して笑う宰相、後藤健二氏になにもできないわれらの無慈悲

4月1日（木）NHK文化センター青山教室で、「福島泰樹の朗読世界／寺山修司を読む」を開講します。第2第4金曜日の全11回です。新たに発見された資料をもとに、知られざる幼少年時の秘密からの、出発です。

戦争で父を喪い夭《わか》くして母に棄てられつくつく法師

4月2日（金）《水につばき椿にみづのうすあかり死にたくあらばかかるゆふぐれ》の歌人、画家松平修文の墓に、晋樹隆彦、黒岩康、加藤英彦と詣でた。土紅花夫人、心尽くしの膳を墓前に広げ、盃を揚げた。折しも西多摩、墓苑の桜は満開。

君が描く桜吹雪きて一瞬を蒼く耀い散りゆきにけり

4月3日（土）寺山修司は、好奇心のかたまりだった。会うと皮肉っぽい笑みを浮かべながら、意地の悪い質問の矢を放ってくる。そんな思い出話を交えながら、寺山修司の、詩を中心に声をあげを読んでゆきます。

ウイルスの怖れは熄まず　寺山修司「疱瘡譚」や春の盛りを

4月4日（日）ウイルス禍で中止が続いた吉祥寺「曼荼羅」月例「短歌絶叫コンサート」が、時間を早め再開される。4月10日（土）18時開演！　桜花狂い咲く赤色エレジー、時代に翻弄された男や女たちよ！　級友藤原よ！　皆、集まれ。

紅蓮の炎となりて果てにし若き顔　逝きたる友よみな集い寄れ

4月5日（月）「死者との共闘」がスローガンとなったのは、1985年6月、新宿安田生命ホールで60年安保闘争25周年を記念して「六月の雨／樺美智子よ、岸上大作よ」を開催してから……。ステージに立つ痩せた青年の目撃者が相次いだのだ。

死者は死んではいない　無様に垂れ下がり揺れているのは俺かもしれぬ

4月6日（火）「歌の別れ」をしたはずの寺山であったが、秘かに歌を作り続けていた。《父に似し腹話術師の去りしあと街のかたちにたそがれも消ゆ》……。福島泰樹の朗読世界「寺山修司を読む」、4月9日、愈々開講！

「存在と非在」のせめぐ黄昏を寺山修司、笑みて消えゆく

4月7日（水）詩と短歌、俳句からなる江田浩司、詩歌集『律―その径に』（思潮社）を読んだ。とりわけて詩がいい（句や歌は、意味の比重が重たくなるから……）。詩を読みながら、幾たびか涙したいような感情を味わったりもした。

やわらかくこころのみずをひたしゆくゆうぐれひとや　夕菅の花

4月8日（木）「SRSボクシングジム」での練習を終えてバイクで帰ろうとした時……。「また明日！」の声に振向くと、笑顔の中島吉謙トレーナーだ。バイクを走らせながら、涙ぐましい思いにさせられていた。しばらく、忘れていた言葉だ。

手を振って別れるほどの挨拶に過ぎないけれどじゃあ、また明日！

4月9日（金）《父親になれざりしかば遠沖を泳ぐ老犬しばらく見つむ》の、寺山修司の1首が、今朝の私を切なくさせていた。戦争で父を喪い、母にも捨てられ、孤独を嚙みしめた少年の夢は……！

軍帽の顔はわからず霧の中、敬礼をして遠ざかりゆく

4月10日（土）昨夕、福島泰樹の朗読世界「寺山修司を読む」開講！　戦争で父を喪い、母に捨てられ、孤独をじっと耐えた少年。《くちづけをする母をば見たり枇杷の樹皮はぎつつわれは誰をにくまん》の一首に涙ぐむ夫人がいた。

爪に血を滲ませていた叫んでた父さん！　母さんわるくはないよ

4月11日（日）昨夕、吉祥寺「曼荼羅」、月例絶叫コンサート。最後に中原中也の詩「夏は青い空に……」を「ラマンチャの男」の主題歌「見果てぬ夢」の演奏で絶叫。「ああ、神様」「心のまゝにうたへる心こそ／これがすべてでございます」……。

いまさらになにを衒《てら》っているのだよ、こころのまゝになどゆかぬとも

4月12日（月）「夏は青い空に……」。絶叫初演は、中也実弟伊藤拾郎のハーモニカとのコラボであった。「ああ、神様」「尽くすなく尽さるるなく、／心のまゝにうたへる心こそ／これがすべてでございます！」。詩人は、短い生涯でこう歌い切った。俺もまた……。

白い雲ながれてゆくよ　柔らかく心のままに歌い死ぬべし

4月13日（火）10日、「曼荼羅」。コンサート開演前に、「東京新聞」A記者の取材を受けた。凛々しい眼差し、察するに青年記者か。取材終了後お互い、マスクを外して挨拶を交わした。ベテラン記者の、温厚な顔が微笑していた。

唇も鼻も見えない対面の　白いマスクの春は過ぎゆく

4月14日（水）「デジタル庁」の報道を聞くたびに、激しい違和感を覚える。コロナ禍の役所の窓口には、デジタルに馴染めない人々が列をなしているという。かくいう私も、自身のパスワードさえ、にわかには思い出すことができない。

パスワード、ウイルス、春を口噤む、俺も「デジタル難民」である

4月15日（木）池上線に乗った。若き日の詩人白島真の顔が浮かんだ。二人して無聊をかこつ久が原の家。ナイフを投げ合い柱につけた無数の傷……。おい、ドアに凭れて車外の風景を眺めているのは、30歳の憔《やつ》れた俺ではないか。

アランフェンス協奏曲よ、窓の灯よ、ナイフの傷よ、無聊の日々よ

4月16日（金）ミットを嵌めながら中島吉謙トレーナーは、しんみりした口調で言った。「今日は、ぼくの引退記念日です」。2005年4月16日、日本武道館！　日本S・バンタム級王者は、木村章司に僅差で敗れ引退を決意した。

西岡利晃木村章司に迫りしが敗者であれば潔く去るべし

4月17日（土）「思う存分夜空を眺めよう。」「今度こそ本当にサヨナラだ。」1949年6月、17歳で自死した長澤延子の全詩集（堂々850頁）が、愈々、皓星社から刊行される。その詩に再会し13年、ひたすらに刊行を願い、解説・跋100枚を書き上げた。

時代に叛き生を貫き、思う存分夜空を眺め死んでゆきにき

疼くように白く切なく柔らかく　純潔ゆえに顫えてやまぬ

4月18日（日）「私はシャツの暖かみから／乳房を離して／あらわな白い塊に／遠いひゞきをしみこませるのだ」。私は、少女の潔癖を歌った、時代と自身の運命の予兆にあふれた「乳房」という詩が好きだ。皓星社『長澤延子全詩集』刊行が待たれる。

暁闇に目醒めて朝をなすことは夢を呟き　歌を書くこと

4月19日（月）ツイッターに毎朝、「短文＋短歌」の投稿を始め、今日で55日目。主宰誌「月光」に、《ジムの鏡に映るこの俺老いらくの　殴ってやろう死ぬのはまだか》の一首を添え「百四十字、老いらくの歌」なる連載を始めたりもした。1年経ったら歌集にする。

逃亡者リチャード・キンブルと揶揄せしよ君、豊橋に帰還せし頃

4月20日（火）33冊目の歌集を『天河庭園の夜』と名付けた。私が編纂した岡井隆第五歌集『天河庭園集』からの命名で、岡井隆との短い交友を描いた。長途の旅から帰還した彼を豊橋に訪ねたのは1975年12月、Dr・Ryu47歳、私は32歳だった。

4月21日（水）旧知の酒友「芸術新聞社」相澤正夫来、昼の酒となる。古希を過ぎ、日曜はサッカーの猛訓練、夜は読書。『上林暁全集』19巻を読破、日本文学の精華は私小説にあり等！　上気した私は、同社Webサイトに私小説の連載を申し出ていた。

告白をできなかったこと花のこと秘密を脱いで死んでやるのさ

4月22日（木）明日、4月23日午後3時、経産省前。「日本祈禱團」は、ウイルス蔓延の中、人命よりもオリンピックを優先する菅政権を打倒すべく抗議の祈禱会を開催する。沖縄の激戦地、遺骨散乱する土砂を辺野古埋立に使うとは、言語道断の非道だ。

非道とは道に外れた事を言う、死者を冒涜！　恥じぬ者らよ

4月23日（金）今日4月23日は、新宿ゴールデン街「ナベサン」主人渡辺英綱、18回目の命日。花は吹雪き、歳月は過ぎ、君は56歳のまま、グラスを手に微笑している。死の前日、君の病室からはワーグナー「ワルキューレの騎行」の大音響が流れていた。

何処へゆこうというのか君よ勇壮に　割箸を降る君の手が見ゆ

4月24日（土）ロック・ミュージシャン山崎春美の、反原発・反オリンピックを叫ぶ必死の声調は、核実験で殺された幾万の原住民たちを呼び寄せた。そう、俺たちは死者のメディア……。経産省前、「日本祈禱團・ＪＫＳ４７士」の抗議法会も5年目の春を迎えた。

幾億の無告の民よ蹶起せよ！　悪しき者らに鉄槌くだせ

天河庭園の歌

4月25日（日）女優・千賀ゆう子は、早大同期。朗読家に転じ、「平家物語」、坂口安吾を語り続け、2018年9月死去。だが、愛弟子たちは「千賀ゆう子企画」の灯を絶やさず、主戦場だった六本木ストライプハウスギャラリーで昨日、安吾「夜長姫と耳男」を上演……。

あれは五月、京都の空はただ蒼く建礼門院君が手を振る

4月26日（月）突如、上野区民館休館を受け、会場を移しての「月光歌会」であったが、28人が出詠。椎野礼仁、《今日もまた深夜シフトのギーさんに黙礼だけして伊右衛門を買う》が高得点をとった。終了後、早々と灯の消えた緊急事態宣言下の町へ。

街の灯よ、窓より洩れる哀しみの　灯れるもののなべて愛しき

4月27日（火）昭和20年3月10日前夜、「雪が降ってました」。一夜にして東京の4割が焦土と化し、10万人が焼き殺された「東京大空襲」を、下谷區（台東区）三ノ輪で体験した人の話を聞いた。雪の話は初耳で、子供の目が記憶した貴重な証言だ。

幼いゆえ無垢なる記憶　空襲の前夜、黒い空に雪降る

4月28日（水）継母が嫁いできたのは、「東京大空襲」前夜。ひそやかな祝言の夜、外には雪が降っていた。その数時間後、東京は火の海となった。死者10万人、超高空米戦闘機「Ｂ２９」３３４機による焼夷弾攻撃、史上最大のジェノサイド！

ジェノサイド語り伝えてゆくからに前夜の雪は浄めにあらず

4月29日（木）高橋和巳……！　60年代から70年代へ、全共闘世代の若者に影響を与えた作家。専門は中国文学、学園闘争下の母校京大へ。学生側の立場に立ち、助教授を辞任。壮烈な自己否定の涯、１９７１年死去、39歳だった。5月3日、没後50年を迎える。

「孤立の憂愁の中で」というタイトルの君を語りて熄まざることば

4月30日（金）晩春の雨に、「夕べ、大平、寺沢と月見亭に会す。」の、知覧出撃前夜、穴沢利夫少尉が草した手記を思い起こしていた。「春雨が降るからとて」『愚かな、もの思ひはよせ』。「忘れて了うには余りにも惜しい」思い出を抱き出撃。婚約者智恵子には……。

穴沢を忘れよ、未来にこそ生よ！　遺書を残して飛び立ちにけり

5月1日（土）《五月あまりに豊穣なるをわがためにひとり少女が切りし黒髪》。21歳の歌である。しかし、いまや「五月」は追悼の季節。5月3日、高橋和巳。4日、寺山修司。5月22日、春日井建。30日、清水昶。生前、私が親しく言葉を交わした人々である。

あおぞらを見上げてごらん眩しいかい弔旗のような黒い大陽

5月2日（日）渋谷「ジァン・ジァン」「アピア」を主戦場に毎年5月、寺山修司追悼「短歌絶叫コンサート　望郷」を開催してきた。以来37年！　今年もまた、君が幼年期を母と過ごした「青森市浦町字橋本」の小さな家の桜を偲び、「世界の涯」へ夢を吹雪かせる。

「不完全な死体」が育てゆく夢の汽車の煙よ　永遠の孤児

5月3日（月）寺山修司との機縁で、高取英と出会った。思い遣りがあり底抜けにいい男だった。「月蝕歌劇団」団長高取英逝きて3年、ああ「聖ミカエラ学園漂流記」よ！　ウイルスよりも悪辣な政治に翻弄された地上は、淋しさに充ち溢れている。

髪震わせ吠える巨漢よ　虚血性心疾患か、少女よ雨よ

5月4日（火）寺山修司はある日、「福島は、ゴールデン街で酒ばかり飲んでいるから駄目なんだ」と高取英に舌打ちした。あれから39年、気が付けば、カウンターに凭れ肩を並べて飲んだ友たちの多くが、冥途とやらへ旅立って行ってしまった。

生きるとは孤独の盃に咽ぶこと新宿ゴールデン街「ナベサン」の灯よ！

5月5日（水）5月4日……。正午のニュースに驚き、阿佐谷へ駆け付けた。病院の欅の若葉が5月の風に吹かれていた。《あおぞらにトレンチコート羽撃けよ寺山修司さびしきかもめ》……。今年も、寺山修司追悼「短歌絶叫コンサート　望郷」を開催する。

人は死んだら何処へゆくのか　真っ暗な人のこころに灯を点すのさ

5月6日（木）岡井隆論「天河庭園の夜」（「現代短歌」7月号）24枚を書き上げた。私などは、60年安保闘争の敗北感漂う時代に、「早稲田短歌会」の部室で「前衛短歌」と出会い、「塚本、岡井！」と声を嗄らし合った、最後の世代であるのかもしれない。

敗北の抒情といえばすさまじく校塔の旗、風に千切れよ

5月7日（金）学生歌人の急増は、目を瞠るばかりだ。私らの頃、短歌を作る学生は稀の稀であった。歌会では、サルトルが発した「文学は飢えた子供の前で何ができるか？」をめぐって激しく論じ合ったものだ。いま、どんな歌会をしているのだろうか。

なぜ此処に立っているのだマロニエの樹影と私の　卑猥な影よ

5月8日（土）私は、都制施行前の、東京市下谷區に生まれた「最後の東京市民」である。「下谷區」は戦後、東京都「台東区下谷」となり、「下谷」は格下げの町名となってしまった。諸氏よ、どうか「したや」を「しもや」とだけは発音なさらないで下さい。

唐十郎と歩きし下谷万年町、風吹く夜や西念いずこ

5月9日（日）「現代短歌」7月号に送った評論「天河庭園の夜」の校正を終え、初めて分かったことがあった。岡井隆第5歌集『天河庭園集』を編纂したのは私であったが、そのネーミングは、半世紀も謎のままであった。それが、分かったのだよ、岡井さん！

おそらくは女体であろう天球の　夜を妖しくよこたわる河

5月10日（月）寺山修司は、長編叙事詩「李庚順」（1960年）で、永山則夫「連続ピストル射殺事件」を予告した。今夕10日、私は月例「短歌絶叫コンサート」で「李庚順」を絶叫する。1968年11月、路上には学生が投げる火炎瓶が静かに炸裂しいた。

火炎瓶炸裂をして燃える夜を銃弾、路面を擦過する音

5月11日（火）《さようなら寺山修司かもめ飛ぶ夏　流木の漂う海よ》、寺山修司追悼「短歌絶叫コンサート　望郷」を終えた客席……、二三川練ではないか。私のゼミの教え子で、一昨年には歌集『惑星ジンタ』（書肆侃侃房）を刊行。懐かしさがこみあげてくる。

若き顔あまた映りて消えてゆく日大文芸学科、灯《ひ》の窓！

5月12日（水）吉祥寺「曼荼羅」での月例「短歌絶叫コンサート」には、昔出会った人々が来てくれる。過日は、駿台予備学校で小論文を教えていた頃の学生、いまは早大教授。昨夜は、コロナ禍で家族をベトナムに残したまま、帰還できない人が来てくれた。

ベトナム解放民族戦線「ホーおじさん」忘れもしない白い山羊鬚

5月13日（木）山と渓谷社元編集者・三島悟の死を知る。葬式は済ませたという。取材で真夏の熊野、吹雪の山形を旅した。岩手山、立山では登山の手解きをしてくれた。酒と旅を愛した男だった。強靭な体躯、照れた笑い、豪放な飲みっぷりが忘れられない。

友の死とは煎じ詰めれば俺の死か　君の記憶にもう俺いない

5月14日（金）「山と渓谷社」三島悟、君は私に命じた。山岳写真家望月久とコラボせよ！標題は、写真歌集『愛しき山河よ』！　私は山河を旅し、歌った。《敗北の涙ちぎれて然れども凛々しき旗をはためかさんよ》。志の人、三島悟よ！　あの世にも酒場はあるか。

志《こころざし》の旗は降ろさず日は暮れて月光の坂のぼりゆきしか

5月15日（土）そうだ、友の死とは、在りし日の自身の死に他ならない。学友飯田義一が死ぬ前、思い出を話した。早稲田から、新宿花園神社まで歩いて朝んなってお前、頭の血洗ったじゃないか……。デモで殴られたのか。だが、その記憶は、私にはない。

紺青の群れに追われて逃げたのかジュラルミンの楯鈍く光れり

5月16日（日）今朝、春日井建を思った。生涯を娶らず、義理堅く、ダンディーで誇り高く、癌の痛苦と闘いながら、ひたぶるの情は、短歌の中に凝縮させた。《噴泉のしぶきをくぐり翔ぶつばめ男がむせび泣くこともある》、絶唱である。君逝きて17回目の5月。

三島由紀夫に若き定家と謳われし「未青年」、血の日輪煙れ

5月17日（月）《昼顔の見えるひるすぎぽるとがる》。俳人加藤郁乎逝きて9年。間村俊一、山口亜紀子来、法会を修す。「俺の眼を反らさず正視したのは、お前が始めてだ」と凄まれたこともあった。超現実派郁乎は、永井荷風に私淑、江戸俳諧に帰って行った。

喧嘩屋郁乎アバンギャルドやこの人の眼球綺譚、穴あいた空

5月18日（火）坂本博之会長のミットに鋭い連打を打ち込む男、安田勉だ。2人は東西新人王決定戦で対決。勝った坂本は世界を目指し、敗けた安田は網膜裂孔で、アジアS・フェザー級王者のまま引退。対決の日から数えて28年！　美しい場面を見てしまった。

流れゆく雲はひかりて西東《にしひがし》、錆びた鉄路の行先知らず……

II

白い帽子の歌

5月19日（水）散歩中、毎朝10首作ります。塚本さんは、清書したノートを見せてくれた。小雪まう公園のベンチ、手帳を開く孤独な老人が見える。現代短歌革命の父・塚本邦雄にはるかに及ばぬまでもツイッターに毎日1首、投稿を開始して今日で90日！

コンビニの前に佇み餡パンを塚本邦雄、黒い雪降れ

5月20日（木）「広場」とは何か。人が休らう場、人が避難する場……。高田馬場駅広場が突如、鉄材などで封鎖された。新宿区が「権力」を行使した、騒ぐ学生を排除するためだ。私は、国家権力によって撤去された経産省前「脱原発テント広場」を想い出していた。

ウイルスは人の心に権力を呼び排除する　目障りなものを

5月21日（金）聖火ランナーに、激しい違和感を覚える。緊急事態宣言を尻目に、派手やかに壇上で頬笑み、聖火を掲げる人々。国民の生命よりも、政権の浮上と自身の栄誉を優先させる菅義偉の、私にはどうも彼らは、被害者にみえてならないのだ。

総統閣下「開会宣言」鉤十字、空をとよもすハイル・ヒットラー

5月22日（土）飲食店から酒が消えた。やむなくレモンスカッシュを頼んだ。粋がって「レスカ」と注文したのは　20歳の頃か。「純喫茶」「ジャズ喫茶」「アベック喫茶」……、喫茶店の全盛時代だった。わけても忘れられないのは高田馬場・名曲喫茶「あらえびす」……。

ベートーヴェン交響曲「第七番」第二楽章　敗走の歌

5月23日（日）岡井隆に献じた歌集『天河庭園の夜』（皓星社）の跋文を書いている。長く交友は絶えていたが、旧懐の情おさえがたく歌が溢れだしたのだ。《岡井隆失踪の報　核としたわが「七〇年代挽歌論」はや》、豊橋で、君と再会したのは1975年歳晩……。

逃亡者岡井隆よ、と囃しければ笑みを湛えてはにかみにけり

5月24日（月）祖国を護るため若者は「特攻隊」を志願し、沖縄の海に散ってゆきました。また日本には「切腹」という美徳もあります。ウイルスに打ち克ち五輪を成功させてみせるでしょう。バッハの発言の背後には、日本への敬意ではなく、愚弄が見え隠れする。

精神で打ち克つことができるなら　バッハ旋律神韻なるを

5月25日（火）学友！　十代に出会い、数年を共にしたにすぎない男たち。全学連のピケを1人で破った男、劇団「自由舞台」公演「かもめ」主演に1年生で抜擢された男！　一夜歓談、私の枕元に即興の漢詩を残し立ち去って行った。七原秀夫よ、あれから50年！

生きるとは孤独噛むこと咽ぶこと、霧の朝《あした》を立ち去りゆけり

5月26日（水）経産省前「日本祈禱團」の集会「死者が裁く」で、コロナ禍五輪開催の非理を叫び、閑散とした銀座通りに出た。伊東屋でノートを買い、トラヤで白い夏帽を求め、店を出た途端いいがたい淋しさがやってきた。白い帽子が、死者を呼び寄せたのか。

夏雲や白い帽子よ　敬礼をして遠ざかりゆく若き死者たち

5月27日（木）宗教学者山折哲雄氏から新刊『生老病死』の恵送を受けた。死者が、「生き残った者たちのまなざしを感ずるとき、死者の魂はおそらく振り返るのである」の一節が胸を打つ。人は、孤独ではない！　亡き人々につよく語りかけてゆこう。

死者は死んではいない、いつも傍にいて見つめてくれているよ優しく

5月28日（金）ジムでの練習を終え、尾竹橋通りをバイクで走行中、短歌が浮かんだ。信号が赤になった。慌てて手帳に書き殴る。1969年1月、立ち籠める煙硝、学生は血を流して戦っていた。東大安田講堂攻防戦……すでに歴史の一齣となって久しい。

記憶は自在に俺のこころを駆けめぐり本郷の空　鈍く光れり

5月29日（土）ヴァーツマル・マルホウル監督「異端の鳥」を3回も観てしまった。黒澤明の「七人の侍」、ベルイマン「野いちご」がそうであるように、刻印された場面の数々は、私の中で繰り返し追想されてゆくことだろう。

深層はモノクロームであるのかもしれない人の記憶の底は

5月30日（日）「われわれはすでに／星めぐる領土を失い」……その昔、全共闘崩れの若者たちから、詩人清水昶は「アキラサン」と呼ばれ、私は「ヤスキサン」と呼ばれていた。詩集『少年』は、戦う学生たちの言葉を代弁した。君逝きて10年、今日5月30日……。

七〇年代無聊の日々を君といいて吹かれる風となっておったよ

5月31日（月）岡部隆志句集『犬が見ている』（ふらんす堂）中、《夏草や黄泉比良坂見えぬほど》の句に感銘！　黄泉比良坂は、現世と冥土の境にある坂。岡部は日本古代文学民俗学の研究者。夏草は、生の充溢の譬えか。それとも……。

その坂がみえないほどに茂るのは汚れちまった悲しみゆえか

6月1日（火）弟2人、ザリガニを捕り飢えを凌いだ。福岡市の少年養護施設でボクシングと出会う。平成のKOキング坂本博之を取材したのは30年前……、だが4度の世界挑戦に失敗、SRSボクシングジムを開設。夢か今日、私のパンチを受けてくれた。

「悲劇の驍将」と名付けしは俺、狡猾でなきゆえ世界の王者は成らず

濡れてうつむく紫陽花の花ひとの顔、二十二歳や雨蒼く降れ

6月2日（水）6月は、紫陽花の季節。紫陽花は、60年安保闘争の死者、東大生樺美智子を想い出させる。《ゼミへゆく微笑み母に告げしまま六月十五日、帰らず永久《とわ》に》。全学連の学生たちと国会構内へ突入……。微笑の美しい人であった。

青春の怒り悲しみ、戦争の悲惨を嘗《な》めてきしにあらずや

6月3日（木）太田昌国がコロナ禍の日記を公開。書名は『現代日本イデオロギー評註』と厳めしい。「7月12日昨夜、歌人岡井隆の死の報に接す……」に次いで、《天皇の居ぬ日本に唾ためて想う、朝刊読みちらしつつ》の60年安保闘争時の一首に出会った。

ことば知る前の記憶か、ただ青くたんぼに雨が降っておったよ

6月4日（金）いちめんに青田がひろがっていた。引付をおこした私を背負い、祖母は隣町の病院へ急いでいた。東京大空襲で家族は離散、母の亡い私は、祖母に連れられ出雲へ疎開していた。昭和20年5月、2歳2ケ月……、それが私の最初の記憶である。

6月5日（土）散歩の途次、宝泉湯に煙突が無いことに気付いた。そういえば、火葬場からも煙突が消えて久しい。燃やしてしまうには惜しい思い出の数々！　人体は、万巻のフィルムを瞬時に巻き戻す記憶内蔵装置。せめて煙となって大空に吸われていってくれ。

青空を映すフィルムも微笑みも一瞬にして燃えてゆきにき

6月6日（日）東大阪の鄙びた火葬場。煙突から流れてゆく煙に、詩人の死を思った。《一月十日　藍色に晴れヴエルレーヌの埋葬費用九百フラン》…塚本邦雄、君の歌だ。6月10日、私は、吉祥寺「曼荼羅」で、塚本邦雄に献じた「獅子王の歌」を絶叫する。

アウシュヴィッツ空蒼く澄み　前方を黒々として煙突は立つ

6月7日（月）ビールを飲んでいた。突如「悲しみの連帯」とあなたは言った。ほどなく京大文学部助教授に就任。学園闘争は全国に飛び火、学生は教官に「自己否定」を迫った。「孤立の憂愁の中で」苦悩、「わが解体」を書くに至る。高橋和巳、君逝きて50年！

「雨に咲く花」を静かに歌ってた憂愁の顔、窓を見ていた

6月8日（火）へはかない夢に／すぎないけれど／忘れられない／あの人よ……。「雨に咲く花」が流行ったのは、日中戦争勃発の昭和12年。若者は叶わぬ愛を胸に、戦地へ送られていった。ひと目だけでも逢いたいの……。

雨に打たれて咲く花あおく　戦場に花びら散らし死んでゆく身は

6月9日（水）「八月六日、広島被爆の様子を呉より遠望する」……前衛とは、正視しえない現実に抗して、なおかつ直立しようとする精神の叛乱、その所産としての文体の謂なのだ。今日、塚本邦雄17回忌命日。

前衛は技巧にあらず精神の叛乱、黒い五輪の旗よ

6月10日（木）今夕10日、吉祥寺「曼荼羅」月例短歌絶叫コンサート。最後に塚本邦雄に献じた「獅子王の歌」百首を絶叫。生涯にわたり戦争を憎悪、戦死した若者に涙し、その生の不条理と人間の悪を歌い続けた。反世界のうたびと塚本邦雄よ！

存在と非在のあわい視えないか波間に消えた花ならなくに

6月11日（金）《錯乱の雨の日曜、血の二月　鈴を鳴らして耐えているのだ》西村せつ子。統合失調症で自死、数百の歌を遺した。『錯乱、雨の日曜日……ある歌人の死』（文芸社）を一気に読了。その傷ましい生涯を、夫・西村冨美男が書き標した血涙の手記。

サーベルの魔神に呼ばれ寒い朝、鈴は鳴らさず空見上げてた

6月12日（土）《シュミーズを盗られてかへる街風呂の夕べひっそりと月いでて居り》。昭和28年、中城ふみ子、上京時の作だ。ロッカーは無く、衣類は笊に脱ぎ棚に乗せた。和装から洋装、シュミーズへ。昨夜、教室でついそんな話をしてしまった。

淑やかで品があったよズロースの語感、淡雪ふっておったよ

6月13日（日）「乳房喪失」の歌人中城ふみ子が上京生活を始めた昭和28年、巷にはシャンソン歌手高英男が歌う「雪の降る町を」が流行っていた。貧しい時代を生きる人々に、歌は涙と祈りの感情を与えた。〽この哀しみを／この哀しみを／いつの日か……

生きるとは明日《あした》こそはと歌うこと涙零して路歩くこと

6月14日（月）〜右のポッケにゃ夢がある／左のポッケにゃチュウインガム……。敗戦後、戦争孤児の悲しみから出発した美空ひばりは、弟たちにも死なれ、孤児《みなしご》となって死んでいった。6月24日、君が逝った日、昭和通りを沛然と雨が繁吹いていた。

ポケットに匿《かく》して帰るキャンディーの　焼跡で待つ妹のため

6月15日（火）今日6月15日。東大生樺美智子の死は国民の心を動かし、60年安保闘争の象徴として語り継がれた。しかし今、抗議の死は新聞に載ることさえない。それを高橋和巳は、かぎりなく堕落し続ける日本の精神史としるし、静かなる憤死を遂げた。

かぎりなく堕落してゆく日本の　憤怒の涯に憂愁はくる

6月16日（水）あの叛乱の時代を、溌剌と生きた女がいた。ストリッパー一条さゆり……。実刑の後、釜ケ崎で聖母と慕われた。誕生日は6月10日……。美空ひばりも、国会構内で22歳の命を断たれた樺美智子も、3人ともに日中戦争突入の昭和12年生まれ。

紫陽花が顔寄せ合って濡れている、一条さゆり雨のマリアよ

6月17日（木）青年期のわずか数年を共に過ごしたにすぎない学友たちの死が、骨身にこたえてならないのはなぜか。昨夜、高橋和巳を読んでいたら、こんな一文にめぐり会った。「青春とは、友情の季節なのである」。ならば老年とは……。

たぐり寄せ肩叩くのさ、追憶を激しくさせて抱いてやるのさ

花荻先生の歌

6月18日（金）「私は一本のわかい葦だ／傷つくかかわりに闘いを知ったのだ」。敗戦後、17歳の命を断った少女の詩集『友よ　私が死んだからとて』が、戦う学生たちに言葉を与えた。歳月の波濤を越えて『長澤延子全詩集』が皓星社から発売される。

死ぬことによって激しく生きてやる友よ、星屑瞬いてくれ

6月19日（土）東北の被災地をめぐっている時だった。「今日の日も陽は炎ゆる、地は睡る／血を吐くやうなせつなさに」の一節が口を突いた。中原中也の詩、「夏」であった。長谷川泰子との愛の歴史を、人間の宿命にまで高めてしまった……。

人間の宿命ならば陽は昇り血を吐くようにまた沈みゆく

陋巷に生まれ育つも連嶺の夢想よ！　雨の下谷に死なむ

6月20日（日）私の詩との出会いは、伊東静雄「曠野の歌」であった。「わが死せむ美しき日のために／連嶺の夢想よ！　汝《な》が白雪を／消さずあれ」に落涙した日よ。いま青春の日から幾年月を経、「連嶺の夢想」は潰えてしまったが、せめて……。

朝っぱらから飲んだくれてよォ、ちゃぶ台に慚愧の涙垂らしておった

6月21日（月）俺達にとって、「東京五輪」とは何であるのか？　俺達の「達」ってえのは、誰と誰、どこのどいつまでを指しているのか？　考えてみよう、案外そいつを「思想」と呼ぶのかもしれないぜ。短歌だっておんなじことよォ……。

戦後日本の、明日《あした》よ、旗よ、さようなら、涙を溜めて見送っていた

6月22日（火）今朝、東京は晴。『長澤延子全詩集』（皓星社）の見本刷を、これから桐生の霊前に届けます。「母よ／静かなくろい旗で遺骸を包み／涯ない海原の波うちぎわから流してくれまいか」。17歳の命を断った君よ、微笑して迎えてくれ。

6月23日（水）刷上がったばかりの850頁の大冊『長澤延子全詩集』を晴山生菜皓星社主と、桐生市小曽根町の生家、霊前にお届けする。実兄弘夫（92歳）氏の涙を見て、延子没後72年の歴史を思った。

紫陽花に降る雨よりもなお蒼く　十七歳の潔き墓標よ

6月24日（木）言視舎『私の短歌のつくり方』を書き始めた。第一歌集『バリケード・一九六六年二月』から、第33歌集『天河庭園の夜』（皓星社）まで、及び歌集未収録計9400首から100首を選び、その経緯、極意、秘密、を1首1000字でまとめろというのだ。

少年の歌からあわれ老いらくの　闇の海馬をさ迷いゆかん

6月25日（金）「暗くしめった壕の中が／憎しみで満たされた日が／本当にあったのだ」。西辺中2年上原美春の詩が心に沁みた。6月23日は、県民10万人が殺された沖縄戦争「慰霊の日」。日本政府よ、遺骨の残る南部激戦地の土砂を辺野古埋立に使うな。

辱めてはならない死者を、人柱にしてはならない米軍基地の

6月26日（土）ジンに痺れた体を引きずって駅の階段を降りた。電車の、ガッタンという音と同時だった。《二日酔いの無念極まるぼくのためもっと電車よ　まじめに走れ》……。口惜しみが歌となって一気に吹き出していた。22歳、早大闘争の渦中であった。

眩しさを堪えていたが階段の　しどろもどろの宿酔の朝

6月27日（日）シベリア寒波の風吹き荒れるキャンパス、怒り、涙し、戦った学友たちは皆、何処へ行ってしまったのだろう。《ここよりは先へいけないぼくのため左折してゆけ省線電車》。ガードの向こうを夕陽が落ちようとしていた。

走り去ってゆくものたちよ友よ、女よ、電車よ、風が吹き荒れていた

6月28日（月）……憤然として一人、立松和平は旅立って行った。インド放浪の約束を反故した私に歌が残った。《ヒマラヤへゆきたしあわれ雪渓を峰を越えゆく鳥に知らゆな》。あれから50年！　東京、五輪の狂った夏……。

この国の狂気は熄まず疫病で死にゆく人のあわれ顔見ゆ

6月29日（火）網走のホテルで李麗仙の死を知った。新宿の中村屋で何度かお会いした。誕生日は私と同じ3月25日と聞いて握手。「腰巻お仙」「二都物語」「少女仮面」と時は過ぎていった。状況劇場「紅テント」に咲いた大輪の花、李麗仙……！

毒の華のようで可憐な紅い花、白い手袋手を振っていた

6月30日（水）北海道斜里の瀟洒な建築物「北のアルプ美術館」。串田孫一、尾崎喜八、深田久弥らが執筆した山の文芸誌「アルプ」３００巻。畦地梅太郎の版画、そして辻潤と伊藤野枝の間に生まれた辻まことらの作品に囲まれて、静かな時を過ごした。

ダダイスト辻潤その子まこと君、奔放に生き縊《わな》きて死にき

7月1日（木）スウエーデンが世界に誇る中型一眼レフカメラ、ハッセルブラッド！　私も形見分の1台を愛蔵している。藤田一咲『ハッセルブレッドの時間』を読んでいたら、ハッセルを肩に無性に街へ飛び出したくなった。カメラ熱、再発の予感がする。

路地や家、人の記憶の愛おしく　消えてゆきにき昭和大正

7月2日（金）寺山修司は、故郷青森への想いを《吸いさしの煙草で北を指すときの北暗ければ望郷ならず》と歌った。コロナ禍で休講していた私の「実作短歌入門」が明日3日、早稲田大学オープンカレッジ中野校で開講する。第1回は講義「望郷の歌」。

石をもてと歌いおりしはさにあらず石川啄木、二十一歳

7月3日（土）「追憶をふかめてゆこう。歩んできた道をためらうことなく、逆戻りしてみよう」と私は、歌集『天河庭園の夜』（皓星社）に書き段った。過去を鋭くさせることなく、未来に向かって突っ走った事に日本の過ちはあった。原発、然り！

抱きたければ泣いてやろうよ追憶の　炎に咽ぶ髪、撫ぜてやろうよ

7月4日（日）裏町のアパートにひとり住み、よれよれのズボンを穿き、御飯はおじやにして食べた。売れっ子になってからも、けっして物を粗末にしなかった。畏友たこ八郎は、宮澤賢治ができなかった「雨ニモマケズ」の隠れた実践者であったのだ。

デクノボーと呼ばれようとも飄々としどろもどろの人生をゆく

7月5日（月）たこ八郎は、私の短歌絶叫コンサートのファンだった。福島サーン！　と酔っ払っては楽屋から声援を送ってくれた。無類の酒好き、元日本フライ級チャンピオン斉藤清作、コメディアンたこ八郎よ。7月、君の37回忌追悼コンサートを開催する。

人気絶頂！　海へ帰った　捨て方の上手い男よ、たこ八郎は

7月6日（火）1985年、夏から秋へ芸能人の死が相次いだ。7月、たこ八郎。8月、坂本九。9月になって夏目雅子、大友柳太郎。巷には井上ひろしが歌う「雨に咲く花」が流れていた。
7月10日「曼荼羅」、幾時代かを追悼して私は「雨に咲く花」を熱唱する。

盧溝橋事件の夜も帝都には「雨に咲く花」流れてありき

7月7日（水）例えこの身は敗れようとも、人には枉《ま》げてはならないものがある。映画「瀬戸内少年野球団」の女教師夏目雅子の目に光る涙を見て、《火群なすいのちの秋をしかすがに天に慙《は》じずに生きてゆくには》の、自作を思い起こしていた。

あの夏の涙よ、旗よ、礼節よ、枉《ま》げてはならないものまだ俺にある

7月8日（木）夏目雅子の教師姿に、「おらあ、三太だ！」で始まるラジオドラマ「三太物語」を想い出していた。「おらの大好きな花荻先生はいつもこう言うだ……」の腕白三太と共に私も、花荻先生に憧れていたのだ。憧れ！　初めて知った感情だった。

バラックの窓から洩れる放送の　花荻先生、白いブラウス

7月9日（金）黒田和美『六月挽歌』に、《晒す身はもはや持たねば白妙のたましひ纏へ一条さゆり》がある。君は、戦い敗れた者、時代の主役ではない、サブカルチャーの創り手たちに、熱い挽歌の雨を降らせた。明日10日、君を追悼「月光」を絶叫する。

悲しみの路上を濡らす雨なるか「月光」を弾く若き指みゆ

7月10日（土）「巣鴨プリズン・BC級戦犯者の記録」と銘打った『わがいのち果てる日に』（講談社）は、戦勝国が裁くおごりを糾す血涙の書だ。編著者・田嶋隆純教誨師は、戦犯たちの真実を見守る。無実を晴らすすべなく「佐渡おけさ」を歌い刑場に赴く人がいた。

故里の妻よ、父、母、妹よ、せめておけさを道連れにゆく

7月11日（日）教誡師としてBC級戦犯を共に哭き刑場に送った田嶋隆純の遺稿『わがいのち果てる日に』に、御経を「口で読み、身で読み、心で読みして、真理と一体となる。仏教の要諦は、この勤行式に尽きていると思う」の一節があった。

五臓六腑こころの底で叫びます勤行、日々よおろそかならず

7月12日（月）10日、曼荼羅。ジャズブルースの古典「セント・ジェームス病院」の演奏で、17歳の死者・長澤延子の「挽歌」を絶叫した。「あの子死んだよ／あの子小さなカンオケ入ったよ」「あの子の体／飲んだゲキヤクで真青だよ」。悲しみは時代を超える。

窮民の病者よ、辛く泣かないで私が死んであたためたげる

7月13日（火）絶叫ナンバー中に、中原中也「無題　I」がある。「こひ人よ、おまへがやさしくしてくれるのに、／私は強情だ。ゆうべもおまへと別れてのち、／酒をのみ、弱い人に毒づいた」。シューベルト「セレナーデ」の演奏で朗読してみて下さい。

詩は声であるよ、ときめく旋律であるよ　祈りに震える翼

7月14日（水）コロナ下を毎月10日の月例「短歌絶叫コンサート」に足を運んで下さる皆さん、吉祥寺「曼荼羅」の灯を消さず頑張り続けるスタッフの皆さん、有難う。私にできることは精一杯叫び続けることです。これからも心を尽くして絶叫します。

カンテラの灯りは消さず俺がゆくみちを切なく点してくれた

7月15日（木）苫小牧のライブハウス「阿弥陀」、客の姿は無い。しかし5人のミュージシャンをバッグに、燃えに燃えた。この猛吹雪の中を1人、客が駆けつけてくれたのだ。北海道一周「短歌絶叫コンサート」ツアーの一齣だ。

ドラム、ピアノ、尺八、ギター、バイオリン、吹雪の夜を叫《おら》びてやまず

あらえびすの歌

7月16日（金）四十九日を過ぎて、知友死去の通知を遺族から受けた。せめて柩の顔に接し別れを告げてやりたかった。死別は、家族だけの悲しみではない。コロナウイルスは、生活様式を変容させ、死者の社会性さえも奪おうとしている。

あばよ、と肩を叩いてやりたかった俺の秘密を匿《かく》して死にき

7月17日（土）棚経を終え、少女時代の話を聴いた。深川、いなせな法被の父、木遣に送られ出征する兄、勤労動員の日々、兄の戦死、空襲、母の焼死……。小粋な下町言葉が幾時代かを駆けめぐった。炎天下を川沿いの駐車場まで見送ってくれた。

御機嫌よう！　バックミラーに夏帽の十七歳の君が手を振る

7月18日（日）小野照神社の祭礼を2人で歩いた。小川君は明日、九州へ行ってしまうのだ。入谷鬼子母神の塀にもたれて泣いた。初めてする友との別れだった。あれから70年、夏祭りのたびに幼い友を思った。だが今年も、お祭りも、朝顔市も、中止！

白い花の咲く頃だった小川君、初めてするサヨナラだった

7月19日（月）岡井隆と洪水の夜を明かした。第33歌集『天河庭園の夜』（皓星社）が刊行された。帯には岡井に献じた、《歳月は蜜であったろ厳かな罰であったよ雲流れゆく》の1首。交友は絶えていたが旧懐の情抑えがたく、一巻を献じた。

「愛の時代」から「性の時代」へ転身の　鮮烈なるを蜩《ひぐらし》啼かず

7月20日（火）水島朝穂は、イスラエル選手11人が、パレスチナゲリラの襲撃を受け殺された「ミュンヘン五輪」と比し、運動選手と日本国民を生命の危険に晒して開催される「東京五輪」を、「五輪史上最大の悲劇の再来」（東京新聞7・19）かと危惧した。

イノチヨリモ重タイモノハ赤紙ノ葉書ト黒イ五輪ノ旗カ

7月21日（水）盆の行事を終えて2週間ぶりにジムへ行った。コロナ状況下、試合が流れ「残念だっね」と声をかけると、「年末に試合を組んでもらいました」と明るい微笑が返ってきた。一度きりの青春をリングに賭ける女子プロボクサーの純情が痛かった。

無観客を余儀なくされた試合さえ、四角いリングの底に沈みき

7月22日（木）瓦礫の片付けをする母のそばに立って風に吹かれる草むらを眺めていた。遠く草むらの中を歩いてきた少年が、立ち止まり何かを投げた。黒い礫《つぶて》はスローモーを描いて私の頭に着地した。夏になると想い出す焼跡の風景である。

昭和二十一年の夏、焼跡に黒い礫やあわれ浮浪児

7月23日（金）夏草生い茂る焼跡、剝き出しのコンクリートにものをかいていた。鋭い母の声！「それは人さまの骨だよ」。白い柔らかな塊《かたまり》は、蠟石ではなかった。東京大空襲に遭《あ》い、黒焦げになり、風化した人の骨であったのだ。

焼跡の日影に蹲《しゃが》み白骨の　初めてものを書いた憶い出

7月24日（土）緊急事態宣言下の街を車で走った。シャッターを鎖した商店街、賑やかであるはずの火点し頃の通り……。真っ暗な浅草ひさご通り、本所深川はさらに暗かった。わずかに点るコンビニの灯、ラジオは晴れやかに「東京オリンピック」の開会を告げていた。

戒厳令の夜を思うよ　東京大空襲警戒警報発令の夜を

7月25日（日）祭囃子が聞こえる夜、たこ八郎がやってきた。斉藤清作・元日本フライ級王者！いつも血達磨で闘っていた。捨て方のうまい男だった。数日後、海へ帰っていった。昨日37回忌、境内に立つ「たこ地蔵」にたらふく酒をかけてやった。

中原中也とたこ八郎がさわいでた教室の窓風吹いていた

7月26日（月）たこ八郎の師匠・由利徹はしみじみと言ったものだ。「芸人は掃くほどいるが死んで地蔵になったのは、たこ一人だ」。今宵もここ東京下谷法昌寺の境内に、月光を浴びて「たこ地蔵」が微笑む。胸元には「めいわくかけてありがとう」の絶筆。

ごろ寝する畳の上に彼《あ》の世でも酒瓶、風に吹かれているか

7月27日（火）新宿の裏町、墓地の裏手の木造アパート。たこ八郎の部屋で、赤塚不二夫、友川かずき、外波山文明らと位牌を囲んで四十九日の酒盛りをした。ちびた箒と冷蔵庫、よれよれのズボンと帽子……。芸人なのに衣服さえ持とうとはしなかった。

天涯を気儘に生きてふらふらと路地を曲がって手を振っていた

7月28日（水）旅先のコンビニでホラー雑誌を買った。新型コロナ感染を機に「行為の最中」相手の母や他の霊が悲しげに佇つ姿が見えるようになってしまったのは、新宿歌舞伎町で働くデリヘル嬢。母は死後もなお息子を見まもり続けているというのか。

目には見えない母が悲しく冥途から見つめているぞ涙溜めつゝ

7月29日（木）身を切なげに寄り添いながら震え、叫び声をあげることもなく落下してゆく黒い豆たち……。湯を沸かし、珈琲ミルを覗きながら豆を挽いていたら、もの悲しい思いにさせられていた。窓の外、雲を真っ赤に染め陽は昇ってゆく。

寄り添って珈琲ミルに挽かれゆく豆よ、コートジボワールの曙

7月30日（金）珈琲といえば、塚本邦雄の《珈琲噴きこぼれ燃ゆるたまゆらをさり難しこのまぼろしの生》の1首を思い出す。幻の生ゆえに愛しく、噴きこぼれるまでを去り難く、激しく燃焼せよというのか。

零戦は空をとよもし雲の涯、若き兵士はまぼろしならず

7月31日（土）東京感染者が3800人を超えた7月29日、五輪との因果関係を問われた菅義偉首相は、「ないと思う」と否定。小池百合子都知事は自宅観戦の結果、五輪開催が人出の抑制につながっていると応えた。唖然という文字が浮かび、新聞をもつ手が震えていた。

感染と五輪の因果など聞くな、義眼が映す闇の裏側

8月1日（日）パソコンが起動しなくなってしまった。この30年を懸命に書き綴ってきた、数万枚の未刊の原稿が一瞬のうちに消えてしまったのだろうか。知らず私は、日々の記憶をパソコンに託していたのか。バックアップを怠ってきた罰は重たい。

文字は記憶の代替装置、突如燃え暗いみなもに消えてゆきにき

8月2日（月）『サニー・サイド・アップ』は、実に新鮮な歌集だった。柔らかくあまやかに口語を駆使したその話体は革命であった。そのデビューに私は万雷の拍手を送った。あれから34年、その加藤治郎が昨朝、私のパソコン故障を心配してくれた。

パーソナルコンピューターに依存して記憶を預けていたのか俺も

8月3日（火）神田駿河台の修復店にパソコンをもちこんだ。どうやらハードディスクそのものが壊れてしまったようだ。ここ30年に及ぶ文章、歌稿、未刊の小説、評論集、夜々の夢日記に到るまで数万枚……。希望を店に託して雨の街へ出た。言葉、愛しき記憶たちよ……。

もうまいの記憶の海を漂ってことばのブイに流れ着きたる

8月4日（水）《ワイシャツは波に洗われそこにいた人の姿をしておったのだ》。津波が浜辺の村を襲い大勢の人々が命を落とした。家の跡地に残る思い出の数々、中に帳簿やノート、アルバムがあった。以来、ことあるごとに思い起こしては自らを律してきた。

手を振って見送ってやれ追憶の波間に漂いゆきしものたち

8月5日（木）7月、たこ八郎。8月、坂本九が逝き、《上を向いて歩けば涙は星屑のごとくひかりてワイシャツ濡らす》と私は歌った。9月になって夏目雅子、井上ひろし、大友柳太朗が逝った。御巣鷹山日航機墜落があった昭和60年から数えて、37回忌である。

たこ八郎・天知茂や坂本九・夏目雅子もゆきし夏の日

8月6日（金）「さようなら」「うるわしく一人々々の生存のためにたたかって下さい」と標し17歳の命を絶った。8月3日「東京新聞」、皓星社から刊行をみた福島泰樹編『長澤延子全詩集』が紹介された。若者が蹶起し戦った時代に読まれた延子、あれから半世紀……！

うるわしく生存のため戦って下さい友よ、瞬く星よ

8月7日（土）「秋幸は日に染まり、山の風景に染まり」「働く道具だった」「がらんどうになった体の中に蟬の声が響いていた」「一日が日と共に始まり日と共に」「終わる」「木や草に、今なりたい」。中上健次よ、『枯木灘』の一節だ。君の居ない八月、29回目の命日……。

木や草や風になるのか中上よ、歌ってやるよひぐらしの歌

8月8日（日）「癌と戯れて生きることができるのではないか」と君は癌を平然と語り、新たな文学世界への挑戦さえも匂わせた。《吹雪のハドソン川よわが愛しき青春よサックスよ、死ぬなよな中上健次よ！》と私は涙を散らした。あれから29年、中上よ聴いてくれ。

アルバート・アイラー然り文学も、五臓六腑の人間の歌

8月9日（月）君の通夜が故地新宮でおこなわれている夜、私は京大西部講堂前でのロックコンサートに出演していた。広場を埋め尽くした夏の若者に「今日のコンサートをわが友、中上健次に捧げます！」と言うと同時だった。雲間から満月があらわれたのだ。

「蟬王健次の歌」を叫んでやったのだ純一にして夏の若者

8月10日（火）出会いは1975年、君が『鳩どもの家』を送ってきたことから始まる。君は働きながら小説を書き捲っていた。やがて故郷紀州新宮の土をテーマに『岬』を書き上げ、芥川賞を受賞。君は俄然威張りだす。中上健次よ、大いに威張れと喝采した。

働いて喰わねばならぬ人間の　喜怒哀楽よ腹から歌え

音楽はことば、記憶の音階とあまたの人に支えられつ、

8月11日（水）今朝、「感染者都内重症最多」の新聞を見て思った。吉祥寺「曼荼羅」スタッフは、37年続いた私の月例「短歌絶叫コンサート」の灯を消さないため、集客を度外視し開演を続行してくれているのだ。私は、彼らの努力に応えるだけのことをしているか。

咽び泣くトランペットよ青春よ、ちびた鉛筆舐めておったよ

8月12日（木）中上健次は新宿でジャズの熱湯を浴び、こう叫んだ。「マイルス・デイヴィスがいまこのぼくのためにトランペットを吹いている」。1965年、東京の空は青く湿っていた。昨夜、「イット・ネバー・エンタード・マイ・マインド」を聴いたよ、中上。

隠し飲むトリスの小瓶コッペパン、エリーゼいずこ夜の木枯し

8月13日（金）私の青春は、早稲田のクラシック喫茶「あらえびす」だった。パンとウイスキーを持参、日の暮まで本とノートに向かっていた。ベートーヴェンの嵐が吹き荒れ、楽曲は激しく私を煽った。しかし音楽は私に、告白する勇気を与えてはくれなかった。

コルトレーン「至上の愛」よ池之端に桜は煙っているではないか

8月14日（土）最初に入った店は、早大裏の路地の二階にあった「モズ」だった。後年、上野池之端仲町通りにあった「イトウ」には、よく原稿を書きに出かけた。私にもジャズ喫茶遍歴の歴史はあったのだ。しかし、コルトレーンの名さえ知ろうとはしなかった……。

III

黒い太陽の歌

8月15日(日)敗戦記念日の今朝、女優岸恵子が「東京新聞」に、12歳の横浜空襲体験を寄せた。「焼夷弾が炸裂する地獄の中へ飛び出した／私の家がその直撃弾で／崩れていきました／いろいろな死体」「戦争という／惨めに薄汚れた黒い太陽を忘れることはできません」。

空襲の翌朝、空を昇りゆく腐った柘榴のような太陽

8月16日（月）塚本晋也監督「野火」を観るにあたり大岡昇平『野火』を取り出す。「おい、かうなつたら、めいめいが自分で命を継いで行くよりしやうがねぇんだ」。50年も前の傍線が、菅政権コロナ対策の無慈悲をリアルに浮かび上がらせる。

独り居の人は死ねよと突き放すのか、熱に喘いで喉詰まらせてよお

8月17日（火）8・15敗戦記念日、塚本晋也監督「野火」を観た。燐光を発する泥……、戦場の人間が「言葉」を介在することなく大音響と共に走り燃え滅びてゆく。原作が日本人必読の書であるなら、塚本晋也作品「野火」は、若者必見の名画である。

俺を喰ってくれないか君、泥となる身だよ血肉のあたたかなうち

8月18日（水）《その日からきみみあたらぬ仏文の　二月の花といえヒヤシンス》。早大闘争の中で見初めたヒヤシンスと渋谷のホームで、3年ぶりに再会する。会話体幻燈小説・新版『上野坂下あさく草紙』も4章まで漕ぎつけた。さあ、どうするヤッサン！……

追憶の川を逆巻き流れゆく　潰《つい》えてならぬ夢の花々

8月19日（木）「朝、彼女、おーって声あげて泣くんだよ、俺も泣いた。／アキチャン、それいつ頃の話。／うん一九七〇年、暑い夏が終わって浅草に秋風が吹きはじめた、ちょうど今頃のことよ」。会話体幻燈小説『上野坂下あさくさ草紙』（人間社）も、5章に差しかかった。

痩せてるからって肉を焼いてくれたっけ夜の風鈴、聴いていたっけ

撃攘よ、真っ赤に燃える夏雲よ海軍飛行予科練習生よ

8月20日（金）庭に赤トンボが……。練習機は「赤トンボ」と呼ばれた。歌が口を突く。〽若い血潮の予科練の／七つボタンは桜に錨／今日も飛ぶ飛ぶ霞ヶ浦にや／でっかい希望の雲が湧く……。特攻隊少年志願兵は、沖縄を目指し飛び立って行った。あれから76年……。

貧しくとも明日はあった、継ぎ接ぎのズボンの裾に光る草の穂

8月21日（土）今井正監督「青い山脈」を観た。原節子の女教師、池部良の校医、杉葉子の女学生。海辺のハッピーエンドになぜか涙が止まらなかった。敗戦後を明日に向かって力一杯生きようとする人々！　貧しい時代を、希望が確かに息づいていたのだ。

歌を忘れたカナリアよりも従順に菅《すげ》鬼百合に靡けというのか

8月22日（日）〽おれは河原の　枯れすすき／同じお前も　枯れすすき／どうせ二人は　この世では／花の咲かない　の「船頭小唄」が一世を風靡したのは関東大震災前後……。ウイルス蔓延に手を貸す悪政治を、悲憤慷慨する歌謡よ起これ。

8月23日（月）「ラジオ深夜便」コーナ「わたし終いの極意」に出演する。歌人として坊主として、お前はどのように生き、どのように死んでゆこうというのだ。日蓮聖人「臨終の事を習うて後に他事を習うべし」の言葉が私を打ち据える。

今宵また無明の酒に酔いしれて知らざれば花よと嘯《うそぶ》くをやめよ

8月24日（火）高橋三千綱の訃報に接した、73歳だった。「早稲田文学」の編集委員時代、毎月顔を合わせた。立松和平と三人浅草で飲んだ夜、建築中の本堂の屋根に登り星を仰いだ。帰りしな5千円を寄付だ、と私の手に握らせた。心優しき無頼派だった。

遠慮なく黄泉の国からやって来よ蝶よ花よとあわれ時過ぐ

8月25日（水）渋谷道玄坂の夕まぐれ、酔っ払って肩を組んで歩いていた。俺たち並んで墓建てるんだよな、と君が言った。よし、待っているぜ、と私が返した。だが、順序は逆になってしまった。ここ下谷法昌寺「立松和平之墓」の隣は、まだ空いたままだ。

絶筆は田中正造、叛逆の時代の闇を見据えて書きし

8月26日（木）新品のランドセルを背負わされた5歳の兄、1歳の私を抱く父。昭和19年3月、東京市下谷區大原病院の一室。臨終を前にした26歳の母との最後の場面を、兄が話してくれた。以来77年、死にゆく人の悲痛な泣き声が耳朶を去らないという。

ガードの上を省線電車ゆく雲の　上野の桜吹雪いておったか

8月27日（金）夏になると、伊東静雄の「八月の石にすがりて／さち多き蝶ぞ、いま、息たゆる。／わが運命《さだめ》を知りしのち／たれかよく……」の詩が、そして夏の終りには、石川セリの「あの夏の光と影は／どこへ行ってしまったの」の歌声が口を突く。

夏の日の眩しくあるに黒揚羽　喪いしものなにものもなし

8月28日（土）経産省前、「日本祈禱團」8月法会はジェリー藤尾を追悼、トランペッター天神直樹が奏でる「遠くへ行きたい」で始まった。そう、人々にハードな自粛を強要しながら五輪パラを開催、ウイルス感染を爆発させた政官財の悪しき者たちを、死者が裁くのだ。

敗戦の八月、無惨に殺された死者ら群がり奴《うぬ》らを裁け

浅草で生まれ下谷で死んでった二十六歳、花は吹雪かず

8月29日（日）私の母は浅草で生まれ、6歳で関東大震災に遭い、日米開戦の昭和16年、父と結婚。18年3月、私を産んだ病院の同じベッドで死んでいった。26歳だった。ほどなく関東大震災から98回目の9月1日を迎える。

眼帯の目にも涙を溜めながらみつめてくれているのであろう

8月30日（月）母の死後、焼夷弾の猛火の中を、疎開地へ向かう列車の中を、小雨に煙る夜の町を、炎天の田舎道を、幼い命を護ろうとして、いつもいつも私を背負い、乳を求めて哀願して歩いた祖母よ。明日、あなたの命日。墓前におはぎをお届けいたします。

虐殺忌を数えあげれば古井戸に菰《こも》に捲かれて投げ捨てられき

8月31日（火）俳句の独創は季語、「××忌」にある。「虐殺忌」は、小林多喜二の2月。ならば市民、自警団に虐殺された朝鮮人、軍隊に虐殺された労働組合員、憲兵に虐殺された大杉栄、伊藤野枝の「忌」は……。明日は関東大震災発生から数えて98回目の「九月一日」。

9月1日（水）啄木は大逆事件で、幸徳秋水、管野スガら12名が処刑された明治44年、詩「飛行機」の少年に未来を託し、翌春26歳の生命を散らした。関東大震災「朝鮮人・無政府主義者虐殺」を体験していたら、どのような詩を書いたか。今日、9月1日。

一握の、いいえ闇夜の砂時計いのちの赤い沙を零しき

9月2日（木）黄ばんだ田圃や案山子が通り過ぎてゆく。和服の婦人が2人、私に微笑みかけている。祖母の膝で私は歌を唱っていたのだ。〽今は山中、今は浜／今は鉄橋渡るぞと……。昭和21年秋、疎開先の出雲から広島へ向かう車中、得意然とした3歳の私がいた。

スペイン風邪の闇を通って大正の　小学唱歌「汽車」走りゆく

9月3日（金）「関東大震災デジタルアーカイブ」が公開された。燃え盛る浅草、罹災者が殺到した上野公園。児童救援の旗の下、莚《むしろ》に正座して食をとる汚れた浴衣の、大正の子供たち。焔に追われ迷子になった6歳の母も、こうして家族と再会したのだろう。

救援の旗よ炎よ大正よ！　六歳の母を救ってくれた人々

9月4日（土）「信義」とは、「信」を守り「義」を行うこと。「約束を守り務めを果たすこと」。『雨月物語』には、「一生を信義の為に終わる」とある。安倍、麻生に、「二階を」とそそのかされ、外した途端、首相の座を外された、信義なき男たちの末路を見よ！

国法を捩じまげ信義を踏みにじり、菅が咲かせたウイルスの花

9月5日（日）「生の拡充」を唱えたアナーキストを思いながら雨の上野公園を歩いた。国立博物館「聖徳太子展」飛鳥時代の文化の粋に感銘、外に出る。慈善団体配給の食を求める長蛇の列に、また渠《かれ》を思う。9月16日は、大杉栄、伊藤野枝虐殺99回忌だ。

慈しみに燃えていたっけ渠の眼は、黒い涙を溜めていたっけ

9月6日（月）「生は永久の闘いである」「闘いは生の花である。みのり多き生の花である」と、大杉栄は言った。またこうも言った。「美はただ乱調にある。諧調は偽りである。真はただ乱調にある」。そう、戦い、暴れ、騙されるな。悪政を叩き潰せ！

定型詩「短歌」もそうよきりきりと引き締め歌え、底より歌え

9月7日（火）追悼詩「杉よ！／眼の男よ！」を書いた中浜哲は、「ギロチン社」古田大次郎、「労働運動社」村木源次郎、和田久太郎らと虐殺された大杉栄の復讐を誓う。歌集『大正行進曲』刊行から3年、私は、吉祥寺「曼荼羅」のステージの闇に、彼らを呼び出す。

追憶は追憶を生み叛逆の　獄舎の壁の黒いスクリーン

9月8日（水）「春三月縊り残され花に舞ふ」、大杉栄畢生の句が、吉田喜重監督「エロス＋虐殺」の画面に躍った。あれから50年、ならば大正も直ぐ近くだ。闇の巷を、活き活きと闊歩する画人、文人、芸人、アナーキスト、男や女たち……。9月10日、曼荼羅参上！

なにひとつ終わっていない笑い哭き闇の巷を闊歩しておる

9月9日（木）明夕、私は「曼荼羅」のステージに、99回忌を迎える大杉栄、刑死したテロリスト古田大二郎、中浜哲。獄死したアナーキスト村木源次郎、和田久太郎。肺病に斃れた叛逆の若き画人・田中恭吉、村山槐多、関根正二らを呼び寄せ、「大正」を烈しくさせる。

竹棹に叛逆の旗はためかせ累々とゆく、若き死者たち

9月10日（金）60年安保闘争の歳晩、21歳の命を絶った学生歌人に『「恋と革命」の死　岸上大作』（皓星社）なる一書を献じたところ、同人誌「具象」仲間の津田正義氏から、絶筆の終りで「デタラメダ」と叫んだ、彼の心中を思うと涙が零れる、なる手紙を頂いた。

いまもって涙こぼれる歳月の彼方、震えている人がいる

9月11日（土）刑死、牢獄死したアナーキスト、肺病で若き命を散らした画人。昨夕私は、ライブハウス「曼荼羅」で大杉栄虐殺99回忌を追悼。村木源次郎は遺児に「マコよ、独りで泣くのはおよし／僕も一緒に泣かしておくれ」と、歌って聴かせた。

大正は無慈悲であれば人々は、扶け合いつつ寄り添い生きた

9月12日（日）経産省前「脱原発テントひろば」9・11創設10周年集会に参加した。鎌田慧は経産省を指差し「資本主義は人を喰う／原発マフィアの巣窟！」と叫んだ。数百人が、抗議の意志を烈しくした脱原発集会に、若者の姿はなかった。

たっぷりと未来があると思うのかトリチウム、海洋の歌聴こえてこぬか

9月13日（月）9月15日（水）の午後11時台、「ラジオ深夜便／わたし終いの極意」に出演する。「短歌絶叫コンサート」の場面もある。「あゝ　おまへはなにをしてきたのだと……／吹き来る風が私に云ふ」。中原中也「帰郷」の一節を想い起こしていた……。

人生に「極意」などない、泣き笑い恥をさらして涙こらえて

雨合羽の歌

9月14日（火）本邦初「会話体幻燈小説」と銘打った『上野坂下あさくさ草紙』（人間社）を脱稿。1985年刊行の全編を改稿。拳闘ジム入門時37歳の登場人物、アキスケもトミタサンもヤッサンも「わたし終いの極意」を考えた方がよい老いぼれと相成った。

老いぼれを曝《さら》ばえさせて笑ってやる、酒場の窓を覗くこの首

9月15日（水）躍動し、殺し、涙し、慈《いと》おしむ。熊、鹿、狐、梟、狼、そして人。東京ステーションギャラリー「木彫り熊の申し子／藤戸竹喜　アイヌであればこそ」展を観た。寂寥、悲哀、充溢、宿命、刹那、慟哭、衣裳、恍惚…！　この感動をなんというのだ。

奪うものも奪われるものも生き死にの悲哀であらば倶に涕くべし

9月16日（木）満州引揚、労苦に明け暮れた母の一生。闘争に邁進した成田での日々！　岡部隆志『叛乱の時代を生きた私たちを読む』（皓星社）を読了、批評とは何かを突きつけられた。これほどまでに自身の血を滲ませて書かれた「短歌評」は、あったか。

批評とは、沸き吼え肉を刻むこと肺腑を抉るように書くこと

9月17日（金）寺山修司、長編叙事詩「李庚順」は、8年後の永山則夫「連続ピストル殺人事件」を予告していた。獄中で彼はこう歌った。「アバシリ　海岸／胸燃える　恋しき潮騒よ／ああアバシリ海岸　行きたい心の　切なさよ」。この夏、彼が生まれた網走を訪ねた。

鋼鉄のパイプを震え握りしよ、催涙弾は銃声ならず

9月18日（土）マスクをして見つめ合う人、電車のガラス越しに微笑する人、涙を溜めて柩を覗く人、じゃあまたと手を振る人、黙礼する人……。少年・寺山修司の句集『花粉航海』を捲っていたら、この句に出会った。「マスクのまゝ他人のわかれ見ていたり」。

マスクして朗読をしたＮＨＫ文化教室、青山の灯よ！

9月19日（日）第33歌集『天河庭園の夜』（皓星社）に、《湧き出づる思いはいつか厳粛な悲しみとなり坂のぼりゆく》の1首がある。コロナ蔓延の昨春、灯の消えた繁華街を抜け、「死連帯」の悲しみを胸に駅への坂をのぼっていったのだ。

「厳粛であろうよせめて……」マスクして擦れ違いざま憶うことのは

9月20日（月）早大正門前レストラン「高田牧舎」。2本のビール瓶を刺し違えるように酌み交わしていた。その人は、「あなたは短歌で哭くことができますか？」と学生の私に言った。主宰誌「月光」69号は作家「高橋和巳没後50年」を特集する。

愛し死んでゆく人間の、「悲しみの連帯」ならば哭き叫ぶべし

9月21日（火）「三河島火葬場」の前を京成電車のガードが続く。バイクを走らせながらふと思う。むかしこの道の下に川が流れていたんだ。26歳の春に死んだ母は、川に架かった橋を運ばれていったのかしら。火葬場に桜は咲いていたのかしら。

さくら散る、てをふっていた泣いていた藍染川が流れておった

9月22日（水）玄関口に、けいこちゃんと座っていたら塩豆を紙につつんでくれた小母さん。まのめさんちも、ベーゴマやメンコをした露地や庭もみんなマンションになってしまった。ぼくを育んでくれた町や人々は、追憶の中に静かに息づいている。

ぼくが目を瞑《つむ》れば戦後の人々も消えてなくなる町もなくなる

9月23日（木）一人称詩型「短歌」は、宿命的に「私」を反映する。読み手は、歌い手の顔を想像してニヤリッとする。ならば、二人称・三人称の「私」は可能か。「私」とは誰だ？　早稲田大学オープンカレッジ中野校「福島泰樹の実作短歌入門」9月25日（土）開講！

ほんとうの俺はさもしく俯いて黒い涙を垂らしておった

9月24日（金）「人体は、記憶の器。短歌は、追憶を激しくさせる〈記憶再生装置〉を備えた詩型です。忘れていたはずの記憶の数々を、一瞬のうちに再生させてみよう。……「福島泰樹の実作短歌入門」明日開講！

追憶は追憶を生み人の顔、霧中に笑みて消えてゆきにき

忘れていた記憶のむこう通りゃんせ、歌わんとして涙あふれる

9月25日（土）人体とは、時間という万巻のフィルムを内蔵した「記憶装置」にほかならない。5句31音を基本律とする定型詩「短歌」は、記憶を一瞬のうちにすくい上げ再生させる詩型である。教室で私は、大事なことを憶い出していた。

歌は翼に似てしなやかにせつなげに羽ばたき、闇の彼方よりくる

9月26日（日）記憶というものは、いかに進化した映像機器よりも霊妙な力を兼ね備えている。5歳の記憶を一瞬のうちに、呼び起こし再生することができる。場の気配や、人の表情、味や匂いや音までも……。

塚本邦雄を讃えて揚げしひや酒の　戦友は死す一期は夢か

9月27日（月）受験の前夜、激励のため一升瓶を提げて宿泊先の早稲田、須永朝彦を訪ねた。話の中心に居座る受験生・塚本青史、しなやかな指で煙草に火を点す君。以後歌集『東方歌傳』を最後に君は幻想作家に転じる。今夕、孤独な最期を遂げた君の死を知る。

9月28日（火）「コロナ禍のなかでいかに生きるか」のサブタイトルに惹かれ、神山睦美の新刊『「還って来た者」の言葉』（幻戯書房）を読み始める。底流には親鸞の「善人なおもて往生を遂ぐいわんや悪人をや」の「悪人正機説」が脈打つ。

顔を隠すは心を蔽《かく》す、この俺の身口意《しんくい》三密さむくはないか

9月29日（水）仏教でいう「三密」とは、身《しん》密、口《く》密、意《い》密をいう。すなわち仏の体・語・心の三業が秘密のうちに働き、自在に衆生を導くことをいう。小池百合子のいう、人々の「体」も「語らい」も「心」までも遮断する「三密」とは、断じて違う！

人命よりも五輪を選びし者たちよ、威丈高にまた「三密」をいうな

9月30日（木）台風到来の前夜、浅草演芸ホールを覗いた。取りは役者のようなと思ったら、演劇出身！　舞台は日本橋馬喰町、素寒貧の見栄男が一分金を叩き、宿屋の主人から富くじを買う、御存知「宿屋の富」。大熱演に時を忘れた。よっ贔屓にするぜ、馬石師匠！

浅草は心のよすが　ウイルスの時代を濡らす人情の雨

10月1日（金）「破壊と創造」の偉丈夫、火を吐く大入道「地獄と悦楽」の門番人、その名を千代太夫。唐十郎の薫陶を受けた暴れ者、ついに大久保千代太夫一座を結成。「寺山修司朗読劇　千代フェスティバル」を公演。10月3日（土）、必見！　短歌絶叫・福島泰樹見参！

政官財・極悪ウイルス　火を放て大久保千代太夫、滅尽の歌

10月2日（土）「老い」は気力の衰退から始まる。気力を振り絞り、暴風雨の中バイクで尾竹橋通りを突っ走る。合羽が風に千切れそうだ。目指すは、西日暮里ＳＲＳボクシングジム。どうしたのだ、いつもは練習生ひしめく夕刻、若者の姿は一人もいない。

雨合羽、風に千切れて飛んでゆけ疾駆しゆくぞ老人ライダー

10月3日（日）大久保千代太夫一座「寺山修司朗読劇」小劇場タイニアリスに出演。新宿二丁目からの帰路、清水昶や中上健次や、あの蓬髪の優しい巨難のことを想い出していた。高取英も、もういない。

角筈のかどを曲がって霧深き、さらば月蝕歌劇団の灯よ！

あめかぜの歌

10月4日（月）アマで123勝（104KO）9敗の驚異的戦績を残しながらミュンヘン五輪に行けなかった男！　プロ転向後も、敬遠されチャンスを摑めなかった男！　食道癌療養中も酒と煙草を止めなかった男！　拳闘士バトルホーク風間よ、好きな言葉は「逆風」だった。

無頼とは逆巻くことよ　笑うこと篠突く雨の朝に果てにき

10月5日（火）《一人はボクサー一人は文藝評論家　雨打ちし吹く朝に果てにき》。小笠原賢二、北海道増毛で生まれ集団就職。……苦学の末、大学教授に内定、「これからは働かずに勉強できます」と電話をくれた。が、同時に肺癌発覚。好きな言葉は「逆風」だった。

逆風に挑み対《むか》いし者たちに盃を揚ぐ　雲流れゆけ

10月6日（水）映画、演劇、放送、文芸とジャンルを跋渉した寺山修司の最初の表現は「朗読」でした。「一本の樹にも／流れている血がある／樹の中で血は立ったまま眠っている」を、泣き声で、怒鳴り声で、猫撫で声で読んでみよう。朗読は言葉に「血」を注ぎ込む！

血は立ったまゝ眠れるものを沸々といのちの声の湧く夕まぐれ

10月7日（木）寺山修司は、最後に「……墓は建てて欲しくはない、私の墓は、私のことばであれば充分」と言った。言葉は、人の体の中で、根を張り、枝を育て、葉を繁らせてゆく。8日（金）NHK文化センター青山「福島泰樹の朗読世界　寺山修司を読む」開講！

やがて豊かな果実みのらせゆくだうろ、肝硬変で死んでゆくとも

10月8日（金）中原中也の最初の喪失は愛人泰子との離別、次いで弟恰三、そして愛児文也との死別。しかしその苛烈な喪失が、その詩を鮮やかに蘇生させてゆく。10日（日）私は吉祥寺「曼荼羅」で、喪失の悲しみを絶叫する。

ほらこれがぼくの骨だよ、かまくらの河原に撒いて下さいましな

10月9日（土）中原中也よ！　人は「愛する者が死んだ時には自殺しなきゃあ」ならないのか。70年代に、佐藤龍一（Gt）とコンビを結成。以後、頭脳警察トシ（Drs）、永畑雅人（Pf）らと、中也の愛の痛苦と愉悦を叫び続けてきた。明日10日、吉祥寺「曼荼羅」が凄い！

歳月よ、蕩々として流れゆけ雲湧く空の果つところまで

10月10日（日）いけばな作家で詩人・池田柊月が、ライブハウス「曼荼羅」での、私の月例「短歌絶叫コンサート」に毎月、清純にして凄艶な女体を想わせる、花々の造形をもってステージに出演！　熾烈にして豊潤な生命の「楽」を奏でてくれている。

花々は歌い、あたしは叫ぶのだ万物流転の夢の行先《ゆきさき》

10月11日（月）中折を被った父、皿の上には、あわく黄味がかった、ふんわりやわらかそうなもの。口にした途端、甘美で蕩けるような味覚が、幼い体に広がっていった。終戦後ほどない、浅草のレストラン。初めて口にしたシュークリームの記憶である。

やわらかく切なくあまく崩れゆく初めて知った官能だろう

10月12日（火）私を背負い、暗い道を母は歩いている。灯りの点る軒下だ、母は私の口になにかをいれた。濃厚で柔らかな味が舌に溶けてゆく。終戦まもない昭和21年冬、3歳の浅草の記憶である。いまでも、焼鳥を口にすると思い出す、蕩けるような肉の香りを。

欲望の味かもしれない身を焦がす、初めて噛んだ肉の塊《かたまり》

10月13日（水）ＤＶＤで志ん朝「お直し」を観る。息苦しいほどリアルに、表情を刻み、あえかな花を演じ切っているではないか。おまえさん、おまえさんたら、ねえ……。死とはなんなんだろう、教えておくれってんだよお、ねえ、ねえったらさあ……。

うん意地がわるいんだからねえ師匠、地獄に蓋があるのかしら、ねえ

10月14日（木）遣りたかあねぇ、おめえが死ぬってえから遣るってんじゃあねえか。もってけぇッ！　橋の上、左官の長兵衛は娘が苦界に身を沈めて作った五十両を、見知らぬ手代に投げ捨てて立ち去ってゆく。志ん朝「文七元結」にまたまた泣かされていた。

放下とは捨て去ることよ　潔く捨てずにうたう歳月の歌

10月15日（金）酒の酔いも手伝ってか、観終わった時にはおいおい涕《な》いていた。人の世の非道を、その源に降りたって、かくまでも優しく慰撫し、生きる縁《よすが》を与えてくれる。落語は「円環」の思想である。志ん朝「子別れ」を観、聴くことができる至福よ！

人間の業の奥処《おくか》のまた底に咲く、紅《くれない》のさむき一輪

10月16日（土）「どんなに年をとったって、いつでも闘える準備だけはしておくんだ……」。高橋三千綱監督作品「真夜中のボクサー」での、川谷拓三扮するボクサーの台詞だ。もうこの世にはいない2人の男が、今朝の私を励ましてくれている。

敗北の拳《こぶし》は上げずふかぶかと一礼をして遠ざかりゆく

10月17日（日）北海道一周「短歌絶叫コンサート」の車内だった。友川カズキが、画集を広げると同時だった。窓の吹雪が、血飛沫で真っ赤に染まった。デカダンスの画家村山槐多との出会いであった。11月10日、「曼荼羅」。私は槐多を絶叫する。

二十二歳、風雨の中を死んでゆく豪奢に散った真っ赤な花か

首を縊った若き日の友、白い杖。涙こぼして見送っていた

10月18日（月）60年安保闘争の歳晩、自死した学生歌人岸上大作の親友、雲丹亀剛氏来。根岸の居酒屋「鍵屋」で呑む。戦死した父に代わり働き続けた母、遺骨を抱いて姫路へ向かう夜汽車……。遠路横浜へ帰る、全盲の人の、目に光るものを見た。

絶筆「ぼくのためのノート」で咲き匂う聡明な花、頽廃の華

10月19日（火）希望を胸に姫路から上京、2人は同宿。だが3年後、遺骨を抱いて帰郷。雲丹亀剛は言った。学生歌人岸上大作は「仲間うちでは明るく快活な男」でした。彼を死に追いやったのは……！　絶筆「ぼくのためのノート」に、私はデカダンスの匂いを嗅いだ。

風荒ぶあらしの夜も月光の射しこむ晩も、叫《おら》びてやまず

10月20日（水）吉祥寺ライブハウス「曼荼羅」で毎月10日、月例「短歌絶叫コンサート」を開始したのは、１９８４年。友川カズキが「やれ！」と命じたのだ。嵐の夜もあれば満月の晩もあった。この11月、まる37年を迎える。観客、スタッフ、楽士の皆さん、有難う！

10月21日（木）東京下谷、いまは台東区根岸に、祖父が通い父が通った居酒屋「鍵屋」はある。酒は灘、肴は江戸庶民の喰物。創業は安政年間、吉原へ通う酔客や馬喰を相手にした。若き祖父が通い始めたのは明治20年。以来130年、祖父の夢、父の夢を私が引き継いでいる。

酒場とは儚い夢を紡ぐ処、老いさらばえて夢たたむ処

10月22日（金）早稲田オープンカレッジ中野校、私の「実作短歌入門」で、この歌に出会った。《戦時下ですなほに纏《まと》う防毒のマスク姿よ　少女忘れじ》。作者は奥津きみ子。戦時、少女は防毒マスクを被らされて行進した。

純白のガーゼを欲るに眼裏を、防毒マスクの少女過ぎゆく

10月23日（土）10月「月光歌会」題詠テーマは「マスク」。記憶の彼方、地面から顔を出すビラビラを引っこ抜こうとする私が見える。ゴムの泥を取り除いてみると、人の顔のかたまり。ほどなく、空襲の猛火を逃げ惑う、マスクを被った人の姿が見えてくる。

泥の中からあらわれいでし人の顔、防毒マスクあわれ歳ふる

10月24日（日）幼い記憶に残るインテリ証券マンの端正な風貌！「バー・メッカ殺人事件日（1953年）」の元死刑囚・正田昭が獄中で書いた小説「二少年」が、23日「東京新聞」夕刊に掲載された。洗練された文体が孕むエロス、ストーリーの展開の妙に固唾を飲んだ。

入谷金美館の銀幕あわれ歳は逝き正田昭の顔を忘れず

10月25日（月）太宰治自殺の翌年、17歳の少女が命を絶った。群馬県立土屋文明記念館「わらう！　太宰治」展の一隅、『長澤延子全詩集』（皓星社）が積まれている。「あの子の体／飲んだゲキヤクで真青だよ」。2人の背後には戦争が黒い笑みを浮かべていた。

戦争が笑って手招きしていたよ銀紙あたまにのっけていたよ

10月26日（火）土屋文明記念館、長澤延子ミニ展を後に、前橋に向かった。『死刑宣告』の詩人萩原恭次郎の墓を詣で、利根川の岸辺。萩原朔太郎の詩を思った。「路傍の笹の風に吹かれて／無頼の眠りたる墓は立てり。」

榛名山赤城は見えず忘却の波間に消えてゆきし人々

10月27日（水）冬に向かって、緩走を開始した。鶯谷の坂を登り、上野の国立博物館を一周、40分の走行である。緩走は、さまざまな想念や追憶を呼ぶ。よし、メモを忍ばせてやろう。今朝は、一昨年の夏急逝した学友桶本欣吾が顕れて、私を切なくさせてくれた。

日は天に昇ってゆくぞ桶本よ　黒いオルフェの君ふり向くな

10月28日（木）上野緩走コースに、旧称「帝国図書館」がある。明治39年築のルネッサンス様式。「われはダルゲを名乗れるものと／つめたく最後のわかれをかわし……」。宮沢賢治が、たった一人の友・保阪嘉内と辛い別れをしている。逆巻く時間を、今朝も走り過ぎてゆく。

一葉が通い賢治が涙した帝国図書館、時間の窓よ

10月29日（金）川俣水雪の訃報に接した日、「私儀／成仏いたしました……」の葉書を受信。歌集『シアンクレール今はなく』（静人舎）が遺歌集となり、「短歌」10月号《ごじゅうねんあめかぜひでりおろおろと歩きつかれし虚無僧なるよ》が絶詠となってしまった。

青春の京都を愛しあめかぜの歩き疲れて死んでゆきにき

10月30日（土）《雪のごとあわくきえゆくたましいのしずかにしろき死をこえゆきし》（川俣水雪）。死後、ツイートされた絶詠だ。退職、君は嬉々として青春の地・京都へと舞い戻った……が、癌発覚。一昨秋、歌集『シアンクレール今はなく』（静人舎）を纏め、死んでいった。

きよらかに水はながれてかわまたの哲学の道あわき雪ふれ

10月31日（日）川俣水雪の短歌との出会いは、現代歌人文庫『福島泰樹歌集』。私を恃み「月光の会」に入会。歳晩、姫路文学館「没後60年　岸上大作展」、私の講演に来てくれた。痩せた肩を抱き盃を交わした。あれから9ケ月、青春の地・京都で死んでいった。

あつくうるんだ眸ひからせいたっけがシアンクレール君いまはなく

IV

美は乱調の歌

11月1日（月）松村正直『戦争の歌』（笠間書院）に、西村陽吉の《かうもたやすく戦争といふ言葉が口にされるモップの心理をおそれる》がある。田中綾は『書棚から歌を』（しまふくろ新書）で、この歌を引き、誘導されやすい大衆「ｍｏｂ」心理を危惧！

柄のついた雑巾でない大衆は、風よメディアよこころして吹け

11月2日（火）スペイン風邪が猛威を振るい、デモクラシーの旗はためく大正という圧制の時代を、激しく抗い、活き活きと闊歩する先駆的庶民、画人、文人、芸人、アナーキスト、男や女たちが、歌い、哭き、叫ぶ。11月10日、吉祥寺「曼荼羅」短歌絶叫コンサート乞御来場！

死者たちの言葉よ若き血液よ、霜月十日紅蓮の雨よ

11月3日（水）《みづからのなま血をあびてうすゐまふいのちひとつにかかるあまつ日》……20歳の秋、田中恭吉はこう歌った。切羽つまった感情の遣り口は、デカダンであり頽廃への甘い陶酔である。私は肺病で死んだ若き画人たちを呼び寄せる。

肺病は死病であれば憂悶の　死んでゆきにき若き天つ日

11月4日（木）煤煙あがる工場街の一室、田中恭吉は血を吐く香山小鳥を抱いて眠った。母も、兄も、同宿人佐野も、画友香山小鳥も、みな肺病で死んでいった。大正3年10月、故郷和歌山で死去。朔太郎『月に吠える』の挿画が最後となった。

滅びゆくその美しい憂悶を　デカダンと呼び静かに涕こう

11月5日（金）この春、20歳で死んでいった画家関根正二を想いながら深川を歩いた。どこからともなく桜の花びらが風に舞い、暗い水面に消えていった。その貧苦と死病の中から、果敢に美しき「デカダン」の花を咲かせた男たち！

陋巷に朝日は射すを肺病の　真っ赤な花を散らし死にゆく

さようなら白い手袋ふっていたしぶきに濡れたガラス窓から

11月6日（土）《あまた若き大正の顔　ガランスの薔薇も咲かさず散ってゆくのか》。大正8年、村山槐多に次いで関根正二が逝った。麗しき鮮血の狂い花、真っ赤なバーミリオンをたっぷり塗りたくって若く死んでいった男たちよ！

肺に血を滴らせつゝ吹き鳴らす血染めのラッパ、春闌けてゆく

11月7日（日）テナー・サックスの天才奏者ルネ・マックリーンをゲストに、「デカダン　村山槐多」を発表して以来34年、早世の画家槐多は、中原中也、寺山修司と共に、毎月10日・吉祥寺「曼荼羅」での、月例「短歌絶叫コンサート」の欠かせぬ一人となった。

吹き鳴らすラッパなければ泣き笑い、雨戸の外に首だしてやる

11月8日（月）「俺は夢をみよう、絶え間ない夢を見つづけよう／此世は霧の形で月光の色であらせよう」と祈り、「血が出る／肺から／こはれたふいごから／心から」と泣き、「死と日もすがら遊びくるふ／美しい天の下に」と笑い、22歳で死んでいった画人・村山槐多よ！

11月9日（火）「37」は区切りの数だ。毎月10日、吉祥寺「曼荼羅」での月例「短歌絶叫コンサート」は今日、37年を迎える。1984年11月、寺山修司追悼「望郷」を開催。以来37年、実に沢山の人を追悼した。明夕、愛する京都で客死した、非命の歌人川俣水雪を哀悼する。

君もまた時代を糾《ただ》し身を絞り歩き疲れた虚無僧なるか

11月10日（水）大阪から、共に泣きに来ましたと主宰誌「月光」の歌友窪田政男が来場、川俣水雪追悼コンサートに参集。生花作家・池田柊月が、「初霜」をもって哀悼、私の吉祥寺「曼荼羅」での「月例」37周年記念「短歌絶叫コンサート」は終わった。

はつしもはみ雪となりてやわらかくあかい灯《ともし》をともしていたよ

11月11日（木）寂聴さん、NHKテレビ「未来潮流」に御一緒した。好奇心ゆたかな艶やかな人。『美は乱調にあり』では大杉栄、伊藤野枝を、『遠い声』では管野スガを、『余白の春』では金子文子を……。国家に虐殺された人々を労《ねぎら》い、慈悲心は反権力に向かった。

笑いかけ涙をながしにんげんのこころの底の錘鉛となる

11月12日（金）国会前で寂聴師は、安保法制に抗議し「戦争はすべて人殺しです／九条を変えてはならない」と叫んだ。反原発の断食スト、死刑制度廃止を訴え、差別と貧困に心を傷め続けた。99歳、死に至るまで「若い世代が希望を持てる未来を」と念じ続けた。

反戦の祈りを胸に、慈悲行のかぎりを尽くし死んでゆきにき

11月13日（土）瀬戸内寂聴は、デモクラシーの旗はためく大正という時代を、魂で受け継ぎ、その敗北の歴史にめげず、昭和を「官能」をもって生き、平成令和の酷薄の時代を「慈悲」をもって、人々に与え続けた。最後まで希望を捨てようとはしなかった。

墓碑銘は「愛した、書いた、祈った」にするわと笑みててるてる坊主

11月14日（日）自作100首をもって「私の短歌のつくり方」を書け、なる命を受けて5ヶ月。選歌に腐心、遅々として進まない。そうだ、短歌による自伝を書いてやろう。進行にしたがって、短歌を編んでゆくのだ。ならば108首が相応しかろう。

挫折してしまったどうせえらぶなら炎に咽《むせ》ぶ紅の花

11月15日（月）母のことから書くことにした。《あかあかとガードは燃えて沈みゆく夕陽よ省線電車はゆけり》。母は、昭和19年3月、上野のガード沿いの病院で、電車の走りすぎてゆく音を聴きながら死んでゆきました。母は26歳、私は1歳でした。

戦争がなかったならば死ぬことはなかった桜吹雪いていたか

11月16日（火）短歌は追憶の詩型です。母の26年の人生を、短歌をもってたどってゆくことにしました。《あわく切ない記憶の彼方どこまでも歩いてゆこう母よ手を振れ》。1歳の私は、祖母に背負われ、ぼんやりと母の死に顔を眺めていたのであろう。

泣き声を上げて死んでいったという、幼い兄の記憶の母よ

11月17日（水）母は大正6年、浅草花川戸に生まれた。吾妻橋の袂、雷門まで1分の距離。ちゃきちゃきの浅草ッ子だ。関東大震災の炎の中、迷子になり1週間後、上野の山で家族と再会した。この間、6歳の母に水を与え、寝床を用意してくれた人々！

大正の下町ッ子の人情の　母を扶けてくれた人々

11月18日（木）三島由紀夫が、森田必勝ら楯の会メンバーと陸上自衛隊市ヶ谷駐屯地総監室に乱入。自衛隊に蹶起を呼びかけ、壮絶な最期を遂げてから51年。命日の11月25日、私は作家誕生の地・四谷で、福島泰樹短歌絶叫コンサート「憂国」を開催する。

大正末年一月四谷永住町平岡公威　春の雪降る

11月19日（金）1970年6月、腕ぐみをしデモを睥睨する三島由紀夫と目が合った。国会に向かう隊列の中、私が「三島ッ！」と声を発した時だ。場所は、雨の行進「出陣学徒壮行会」が挙行された明治神宮外苑競技場脇……。忘れられぬ一期一瞥となった。

憤然とデモをみていた命運の　火花を散らす一瞥だった

11月20日（土）三島由紀夫蹶起の報を報せてくれたのは、学生作家の立松和平であった。70年反安保闘争の秋。巷には、いしだあゆみが唄う「あなたならどうする」が流れていた。東京を去った私は、愛鷹山麓の草庵へ移り住んだ。26歳だった。

亡魂のロマンチシズムと書きたるよ霜月二十五、益荒男の歌

11月21日（日）二・二六事件を主題にした三島由紀夫原作・主演映画「憂国」封切は1966年春、新宿アートシアター。大義に殉じる男の美と至福。割腹シーンの軍帽に蔽われた馬面が哀しかった。私はといえば、敗色濃い早大学費学館闘争のさなかであった。

エロチシズムに遠く逆りて散る花の　落暉に黒く校塔はみゆ

11月22日（月）三島由紀夫「憂国」発表は、60年安保闘争の翌年。6月15日、国会構内に突入した学生たちが二・二六事件の若き叛乱将校を呼び出し、警官隊との激突で死んだ東大生樺美智子の微笑が、軍人の夫に殉じた「憂国」の麗子夫人を呼び出したのだろう。

軍人の妻ゆえ凛と死するのよ　国に殉じて死ぬのではない

11月23日（火）最初に読んだのは『鏡子の家』。1959年、ニヒルな学生ボクサー深井峻吉に憧れる16歳の私がいた。以後27歳までの少・青年期を「英霊の聲」「文化防衛論」「楯の会」「暁の寺」「東大全共闘」と、その動向を追って歩んでゆくこととなるのだ。

撃攘や孤り激して逝きしかな　霧渦巻けよ半世紀過ぐ

11月24日（水）「あしたのジョー」丹下拳闘クラブの舞台泪橋の近く、小塚原回向院に、「国民よ国をおもひて狂となり痴となるほどに国を愛せよ」の辞世を残し憤死した二・二六事件蹶起将校磯部浅一の墓はある。今日「憂国忌」、私は磯部「獄中日記」を絶叫する。

おもいがわ風来橋を軍装の　三島由紀夫が渡り風吹く

11月25日（木）憂国忌11月25日、三島由紀夫誕生の四谷「CON TON TON VIVO」で開催された「福島泰樹短歌絶叫コンサート　憂国」は、永畑雅人ピアノに加えテナーサックス末井昭、トランペット天神直樹が飛び入り、激しいファンファーレを吹き鳴らした。

霜月二十五市ヶ谷自衛隊駐屯地　令和の風が吹き過ぎゆけり

11月26日（金）三島由紀夫は、70年11月25日蹶起を前に「少年マガジン」連載中の「あしたのジョー」の結末を聞きに、発売元の講談社を訪ねたそうです。えっ、あの三島がかい！テレビ番組収録中のインタビュアーに、私は思わず声を荒げていた。

三島由紀夫、力石徹！　まっしろな霧のリングへ駆けてゆきにき

11月27日（土）早稲田大学オープンカレッジ中野校「実作短歌入門」、昨日のテーマは「寂聴」。中に《大杉栄！　野枝よ平塚らいてうよ！　不滅の法灯「美は乱調にあり」》の一首があった。そうです、竹村京子さん。「乱調」に、「叛逆」の中に美はあります。

大杉栄「生の拡充」美は乱調、叛逆の詩型であるぞ短歌は

11月28日（日）「月光歌会」今月のテーマは「十一月」。服役中の重信房子が出詠。《車窓より流れる黄金色の稲架《はざ》見つめ生き直そうと誓いし霜月》。2000年11月8日逮捕、大阪から東京に向かう窓からの風景に、再生を誓った歌。あれから21年……。

二十一年を獄につながれ悲観せず弱音、挫折は歌わずに来し

11月29日（月）《北風に吹かれ白布《はくふ》の転がりて剝がれ落ちたる顔のかたわれ》。作者は近藤恭子、カ行音とラ行音が擦過する調べは絶妙！　イメージは残酷なほど美しい。高橋和巳特集号に引続き、わが主宰誌「月光」70号は「マスク」を特集する。

剝がれ落ちた顔のかたわれとう譬喩の　風は無常にわが頰を打つ

11月30日(火)師父日陽上人遷化40年の昨夕、浅草「見番」。柳家さん喬「鰍沢」を聴いた。道に迷った身延参りの旅人が雪中の一軒家で吉原の花魁と出会う……。緩急自在の声調、陰翳ゆたかな表情が織り成す「間の神技」に酩酊。心中「名人!」と叫んでいた。

真っ白な女の喉の刺し傷の　雪に浮かんだ歳月の綾

12月1日(水)上野国立博物館一周ウォーキングを開始してひと月、銀杏の黄葉敷きつめる路を全速力で歩いてゆく、と私を追い抜いてゆく足音。ポケットに両手の登校の女子中学生だ。「これでいいのだ!」、今朝もまた口惜しく呟く私でありました。

宿酔の汗を散らして喘ぎゆく老ランナーは　赤塚不二夫だ

12月2日(木)「昭和十年十二月十日に/ぼくは不完全な死体として生まれ/何十年かかゝって……」。寺山修司の86回目の誕生日にあたる12月10日、私は吉祥寺「曼荼羅」で、ゲストにサックス奏者末井昭を招き短歌絶叫コンサート「懐かしのわが家」を開催する。

完全な死体となる日　浦町の小さな家に花は吹雪くか

12月3日（金）寺山修司は最後の詩となった「懐かしのわが家」で、「不完全な死体として生まれ／何十年かかゝって完全な死体となるのである」と歌った。「不完全な死体」とは、戦争で父を喪い、幼くして母に棄てられた充足せざる「生」を指しての、それか。

湧き上がる雲に向かって駆けてゆく父さん戦死、母さん不明……

12月4日（土）安保闘争の歳晩、敗北死した学生歌人・岸上大作の友、雲丹亀剛はその日、岸上の下宿に立ち寄ろうとした。だが夜盲症の疾患を怖れ、久我山での下車をためらった。立ち寄っていれば、岸上は死ぬことはなかったと、電話口で喉をつまらせた。

十二月五日、風吹き雨が降る首を縊《わな》きて死んでゆきにき

12月5日（日）1970年3月、日本赤軍は、「我々はあしたのジョーである」と宣言、世界革命を目指しハイジャックを決行！　寺山修司は、ジョーとの決戦に死力を尽くした力石徹を葬送、「力石徹よ！　君は……」に始まる弔辞を書いた。12月10日、私は弔辞を代読する。

戦いは終わっていない死んだとて月光は射す　四角いリング

12月6日（月）今年最後のステージは、吉祥寺「曼荼羅」での月例「短歌絶叫コンサート」。28年前の12月10日は雨。帰宅すると同時に、青森の少年を短歌デビューさせた中井英夫の死を知る。そうか『虚無への供物』の作家は、寺山修司の誕生日に死んでいったのか。

生涯を娶《めと》らず潔き少年の思いを抱いて死んでゆきにき

12月7日（火）作家中井英夫は、助手・本多正一の耳元で囁いた。「眠りがなかなか訪れてこないのは／本人が眠ることを拒否しているからだ／眠りは／優しい母と美しい姉と／が、一体になったものだから……」。絶筆である。

幻想作家中井英夫よ　含羞の美しすぎる終《つい》のその詩よ

12月8日（水）母親を殺し、青森を脱出……。寺山修司篇叙事詩「李庚順」にはジャズブルース「朝日のあたる家」が似合う。永畑雅人のピアノが歌い、石塚俊明のドラムが吼え、末井昭のサックスが哭き、貨車となって私は、東京へ驀進する。東京へ！

東京へ！　俺を脱ぐため笑うため、この両腕に夢抱《いだ》くため

12月9日（木）客の呼べない60年代の無名の時代だった。ジャズサックス奏者・坂田明は、たった一人の客にラッパを吹きまくった。こんな素晴らしい演奏に、なんで人は来ないのだ、と言い残して客は帰って行った。客の名は、寺山修司であった。

芒《すすき》の河原で風に吹かれて吹いていた、たった一人の客とてもなく

12月10日（金）サックスの坂田明、暗黒舞踏の麿赤児、短歌絶叫の福島泰樹のトリオだった。サックスが泣き、悲歎の声を発した時だ。観客が一斉に笑い出したのだ。振り向けば、舌を出し天を仰ぐ麿赤児がいた。京都五条の空地、野外バザールでの憶い出だ。

天仰ぐ静御前よすげ笠よ　雪の荒野《あれの》の一幕なるを

12月11日（土）中城ふみ子、寺山修司、春日井建、そして塚本邦雄、岡井隆を世に送った『虚無への供物』の作家・中井英夫は死の少し前、私のインタビューに応え、「朝日新聞　歌壇」の選者になりたいと言った。最後まで新人発掘に情熱を燃やしていた。

黒鳥館流《る》薔《そう》園丁いまいずこ　「黒衣の短歌史」雨降りやまぬ

12月12日（日）今年最後の福島泰樹月例「短歌絶叫コンサート」も、満員御礼のうちに終了。
12月10日は、『虚無への供物』の作家・中井英夫の命日とあって、エキシビジョン出演の池田
柊月が献じた生花の題目は「薔薇色の骨」、ならば美酒すこし……

薔薇色の骨に注ぎぬ美酒すこし楽《がく》しのび泣く夜となりにけり

歳月は雨、の歌

12月13日（月）河出書房新社刊、宮内勝典『二千億年の果実』に震撼とした朝、「日本復帰50年と私」を特集した沖縄の詩誌「ＫＡＮＡ」を受信。送り主は、彼の妻で詩人の宮内喜美子でないか……。2人が出会った70年代が、霧の彼方から手を振っている。

沖縄奪還！安保粉砕！　松本楼炎上の夜もはや遠く去る

12月14日（火）明日の命日、「菱川善夫之墓」が東京下谷法昌寺に建つ。墓碑銘は「……前衛短歌運動を推進、危機意識と想像力をもって、現代短歌の批評を確立、『飢餓の充足』『菱川善夫撰集』など著作多数。文藝評論家、国文学者、北海学園大学名誉教授。」

極北院超然居士よ法號は　孤絶を善しと戦いしゆえ

12月15日（水）「私は300万年ぐらい埋もれていたけど、雨や濁流に洗われて、ときどき露出し……」。化石調査隊によって発見された女の骨の独白が聴こえる……。宮内勝典『二千億の果実』は、宮沢賢治の童話（意識）世界の裾野を、さらに広げ進化させた。

みつけてはまた掘りかえす悲しみの二人三脚　ひとりでおゆき

12月16日（木）革命家チェ・ゲバラに若者たちが夢中になった時代があつた。宮内勝典が4年を傾けた小説『二千億の果実』で、私はボリビアに死地を求め、山中を転戦するゲバラ最後の声を聴いた。時空を超えて作家は、死者と魂の交信をする。

夢は終わった失意のなかに敗北を受け入れていた、さあ早く撃て！

12月17日（金）《椿事そのひとつひとつは看破られ　きみ透明の傘さしてくる》。雨の散策、ふと歌が口を突く、1967年の作だ。あの時代、ビニール傘は登場していたのかしら……。と んと私の記憶にはない。しかし、歌はさまざまな記憶を呼び覚ます……。

長い髪つめたい背中くちびると歌いしからに、歳月は雨

12月18日（土）ハードロック・ミュージシャン山崎春美が、私の主宰する「月光歌会」に出詠、テーマは「師」。《あるひ／あるとき／あかされ／つちのみちのくに／くらせしよ／師のかげらふと》。死と生のあわいを漂う厳粛な、メタファーの「師」か。ならば福島、お前の師は……

師をとわば坪野哲久　木枯の吹き過ぎてゆく時代の音か

12月19日（日）「月光歌会」のルールは、最高得点者が次回の題詠テーマを決める。春一月歌会は「骨」……。骨といえば「ホラホラ、これが僕の骨だ、／生きてゐた時の苦労にみちた／あのけがらはしい肉を破って」に始まる中原中也の詩。さて私の骨は…。

ほら、これがぼくの骨だよ酒に溺れぶざまを晒し転がっておる

12月20日（月）「友よ／私が死んだからとて墓参りなんかに来ないでくれ／花を供えたり涙を流したりして／私の深い眠りを動揺させないでくれ」。１９４８年、延子16歳の詩だ。積年の悲願であった福島泰樹編『長澤延子全詩集』を今年、皓星社からついに刊行！

真っ蒼な夜空を眺め毒をのみ十七歳で死んでいったよ

ひそやかに疼く乳房よ　はつなつの白い波間を漂う夢よ

12月21日（火）17歳の命を断った長澤延子の詩「乳房」が口を突く。「白い乳房のひそやかにうずく／初夏《はつなつ》の胸寒い夜」「幼ない指でかぞえて見る」。だが、この幼い官能の涯に「もたらされるものは／甘いやさしい夢ではな」かった。

墓にいるわたしがじっと折鶴を折る　暗いわたしを眺めているの

12月22日（水）「友よ　何故死んだのだ／紫の折鶴は私の指の間から生まれた。／落葉に埋れた　あなたの墓に／私は二ツの折鶴を捧げよう」。長澤延子14歳の詩だ。「友よ」は、墓にいる自身への呼びかけではないのか。幼くして獲得した「生と死の複合」！

雪に埋もれたわたしの上を風は吹き　春の花びら吹雪いています

12月23日（木）「さびしさに／全身が　あおざめる時も／私はたった一人ぼっちなのだ」「冬は来る！／冬の寂寥に魂を投げこもう……」。「友よ　私はほゝえんで／ながい旅に　のぼろう」。死に向かって全速力で詩を書き続けた少女がいた。長澤延子14歳の詩だ。

12月24日（金）クリスマスともなれば、浮かれた大人たちがバーやキャバレーへ繰り出し、三角帽を被り酔っ払って町を歩いた。商店街にはジングルベルが鳴り止まず、私ら子供までもがお祭り気分に躍らされた。それがどうしたのだ、今年のこの静けさは……。

銀色の三角帽子酔っ払い　ジングルベルの浮かれてやまず

12月25日（土）「血があつい鉄路ならば／走りぬけてゆく汽車はいつかは心臓を通るだろう……」。一所不住の思想を掲げ、寺山修司は生涯を走り続けた。「福島泰樹の朗読世界　寺山修司」。NHK青山教室、1月から愈々、長編叙事詩「李庚順」に突入。

青森を捨て母を捨て東京へ　熱い鉄路や永山則夫

12月26日（日）〽みんなが行ってしまったら／この世で最後の／煙草を吸おう……。劇団員たちは皆、泣き崩れて唱っていた。寺山修司葬送のフィナーレだ。「福島泰樹の朗読世界　寺山修司を読む」の終りはいつも、この歌「世界の涯まで連れてって」を合唱する。

詩はむろん寺山修司、自らの葬送のため泣いて作詞す

12月27日（月）医師試験を取得、病院に勤務していた娘を事故で喪った母の嘆きはいかばかりか。命日の日、母は決意した。娘の分まで世のひとのために尽くそう、いやせめてその万分の一でも……。「子の肉は母の肉、母の骨は子の骨なり……」は、日蓮の言葉だ。

晴れやかに霊山浄土の再会を期して生きるわ　花の娘よ

12月28日（火）高田馬場駅近くの横丁に「あらえびす」という、音楽喫茶があった。18歳の私は此処でクラシックの洗礼を受けた。年の瀬ともなれば、ツヰスキーを隠し飲みしながら、ベートーヴェンの悲劇的楽章に陶然とし、行く歳を惜しんだものであった。

ベートーヴェン交響曲第七番　無様な俺の葬送の歌

12月29日（水）《樽見、君の肩に霜ふれ　眠らざる視界はるけく火群《ほむら》ゆらぐを》。早大闘争を共に戦う学友への呼びかけで始まる処女歌集『バリケード・一九六六年二月』刊行から、第33歌集『天河庭園の夜』に至るまで52年、短歌とは……？

樽見、君も死んでしもうた短歌とは世界の涯まで呼びかけること

12月31日（金）《その女《ひと》は夕べの鐘のやるせない哀傷、風に吹かれる牡丹》。歌集『晩秋挽歌』を捲ると、この歌がある。そうだ、高倉健がいて鶴田浩二がいた。そして、「緋牡丹お竜」こと藤純子が……。ちくしょう、あの時代が無性に恋しいぜ。

若者は戦っていた風が吹き　背中の牡丹散らさないため

2022年1月1日（土）服役中の重信房子から賀状が届いた。元「日本赤軍」リーダー重信は21年に及ぶ刑期を終え、この5月出所するという。この間彼女は、膨大な短歌を書き、3年前から私の主宰誌「月光」に短歌を連載。出所を祝し歌集『暁の星』が刊行される。

アラブに結んだ夢は砕けず暁の星を仰げば無数の顔よ

1月2日（日）今年最初の読書は、重信房子歌集『暁の星』ゲラ。長期拘留の牢で病を得、あの美貌のアラブ戦士が自らを《患いし癌の相にてうすき眉　羅生門より出し鬼かも》と歌う。5千首に及ぶ歌の数々は、深い祈りに満ち私の怯懦を抉ってやまない。

暁の星に向かって連帯の　慈愛に満ちた手をさしのべよ

1月3日（月）映画「乳房よ永遠なれ」を白昼の早稲田松竹で観た。原作は、中城ふみ子歌集『乳房喪失』。田中絹代監督、田中澄江脚本の女性トリオだ。死を見据え、激しく官能を燃やした女流歌人の生を、月丘夢路が濃密に演じ切った。

狂おしく切なくあらば白昼の　闇に紛れて涙していた

1月4日（火）死を前にはた病床で、若き新聞記者との情交の火照りを『乳房喪失』の歌人・中城ふみ子は《無き筈の乳房いたむとかなしめる夜々もあやめはふくらみやまず》と歌った。若月彰原作『乳房よ永遠なれ』の映画化は、歌人死後の翌昭和30年！

殺めしは乳房であるをこの夜を、あやめの花のふくよかならず

1月5日（水）「不治といはれる癌の恐怖に対決した時、始めて不幸の確信から生の深層に手が届いたと思う。陰惨な癌病棟に自分の日常を見出した時どうして歌声とならずにおこうか」。中城ふみ子が、死を前にして書いた歌集の後書である。

歌は命の花であるゆえ咲かずとも、歌い続けて死のうと思う

死者は死んではいない、ほらこれが君の言葉だ真っ青な莢《さや》

1月6日（木）一番感謝している男、ロケット松こと「パスカルズ」の永畑雅人。熊本での初演以来37年、1000ステージをピアノと作曲で支えてくれた。1月10日、吉祥寺「曼荼羅」での月例「短歌絶叫コンサート」が、今年最初の絶叫ライブとなる。

地底より彼方の空より、いやちがう君の体に湧き出でやまず

1月7日（金）死者たちが遺した言葉……。詩人もいれば、肺病やみの画人もいる。出撃を待つ特攻隊もいれば、確定死刑囚もいる。彼らが縋《すが》ったのは、ついに言葉であった。絶叫ライブとは、彼らの声を、時空を超えて聴き、あなたと共有することである。

孤絶とはさよならのこと　銀紙の折紙おでこに載せていたっけ

1月8日（土）何ヶ月も演り続ける曲がある。今は「セント・ジェームス病院」。17歳で絶命した長澤延子「挽歌Ⅲ」がぴったりだ。「あの子の体／飲んだ　ゲキヤクで眞靑だよ」「あの子黙って／メラメラと燃えて行ったよ」。今年も演る……！

1月9日（日）「雪よ　あの家を埋めろ／私の墓標はこの涯ない草原に群をなす／裸体の人々の中にある」。永畑雅人演奏の「セント・ジェームス病院」のリズムに乗って、17歳の命を断った少女の詩を心ゆたかに絶叫した。ついに『長澤延子全詩集』編纂を果たすことができた。

自由を求めるその韻律が存分に　俺を躍らせくれたのだろう

1月10日（月）連合赤軍浅間山荘銃撃事件、山岳アジト粛清発覚事件と相次いだ1972年、私は沼津市愛鷹山麓の村で墓守人の日々を過ごしていた。総括「12名殺人」発覚を境に、人々は重たく口を閉ざしてしまった。あれから50回目の、春ではある。

震えながら息衝くものを容赦なく　アイスピックも震えているか

1月11日（火）早大闘争時の文学部の同期・松村重紘が代々木に紘武館を開いたのは1975年、以来正月の楽しみは、初稽古観戦の後、杖道範士松村八段を囲み、門人たちと道場で剛毅な酒を飲むことであった。神道夢想流丈術普及に生涯を捧げた男であった　合掌。

教室はやたらに寒く窓も塞ぎ　肩寄せ合って眠らん友よ

1月12日（水）《紅ささぬ春も二とせ巡りきてマスクの下に老いていくのか》。来栖微笑の歌に、2年という歳月を思った。火点し頃、鎧戸を鎖した繁華街を、厳粛な思いで歩いたあの感情！その命への敬虔な想いを、日々に押し狎《な》らさせてはならない。

擦れ違うセーラー服よオフィスレディーよ　白布につゝむ唇の歌

1月13日（木）《追憶は白い手袋ふっていた霙に濡れるガラス窓から》。そうだ、追憶は白い手袋を振っていたのだ。早稲田大学オープンカレッジ中野校「実作短歌入門」冬期開講、第1回は時間をテーマにした講義。追憶は、現在を激しく打ってやまない。

ガラス窓には遣りそこなった俺がいて汚れた軍手ふっておったよ

1月14日（金）《荒天に釘ひとつ打つ帰らざる死者の上着をかけておくため》《まなぶたにおとすくちづけ切り捨てた者の眼を見てはいけない》。現代短歌切ってのストーリーテラー松野志保の歌集『われらの狩りの掟』（ふらんす堂）が刊行された。テーマは永遠！

「永遠」を人ら忘れて生きている末期の眸　文明の涯

1月15日（土）ボクシングは、肉体と精神が激しく鎬を削る定型詩である。努力、勇気、英知、運命、そして四角い荒野に激しく吹雪く高貴なる精神の戦い！　25日（火）NHKBSアナザーストーリーズ「あしたのジョー　時代と生きたヒーロー」に出演する。

高貴なる精神なるか、純白のガウンよ！　四角い荒野の歌よ

1月16日（日）「われわれは明日のジョーである」と宣言。1970年3月31日、日航旅客機「よど号」をハイジャックした日本赤軍は、北朝鮮へと飛び立って行った。1月25日（火）、NHKBSアナザーストーリーズ「あしたのジョー」で存分語った。

ハイジャックの報に歓呼し　花吹雪く空を見上げていたっけあの日

1月17日（月）《枡酒やあかるいひかり照らしてよ力石徹　ウルフ金串》。枡酒の淵に塩をおいてはいけない。リングが四角い荒野であるならば、酒場の枡酒の枡もまた四角い荒野である。四角い漣の中、減量にあえぐ力石徹が現れ消えていった。

死んでなぞいないさジョーよ、コーナーに浄めの塩など置かないでくれ

1月18日（火）《明日のジョー昨日の情事　蓮の花咲いてさよならいいし女《ひと》はも》。愛鷹山麓の村で墓守人の日々を過ごしていた。バスに揺られて町へ出た。「少年マガジン」連載「あしたのジョー」と出会った。私の胸に灯が点った。

火影に揺れる影よ私の分身よ　硝子の顎《ジョー》と誰かが言いし

1月19日（水）「極真の龍」と謳われた空手家・格闘技評論家でジャーナリストの山崎照朝は、私をボクシングライターに育ててくれた。力石徹に瓜二つと思ったら、なんと「あしたのジョー」の原作者・梶原一騎に敬され、力石のモデルにされてしまったのだ。

神髄を極めんために眠り絶ち暁の星　仰いで哭いた

1月20日（木）37年前に彌生書房から刊行した小説『上野坂下あさくさ草紙』が人間社から復刻されることとなり、ゲラと表紙見本が届いた。帯には、本邦初「会話体幻燈小説」とある。3人の男たちの会話のみでストーリーを展開してゆく。ジャズと拳闘……。

ジャズと拳闘、酒と女と追憶と露地吹く風となっておったよ

1月21日（金）　1月27日制作会話体小説『上野坂下あさくさ草紙』改編復刻版ゲラの校正を開始。３人の中年男が、酔った勢いでボクシングジムに入門。練習を終えると居酒屋へ繰り出し、ジョッキを喉に流し込む。酔えば会話に花が咲く。そして、男たちの告白が始まる。

枡酒に浮かびて消えるうたかたの　花の唇だったあいつは

1月22日（土）イギリスのロックバンド、アニマルズが唱ってヒットしたのは、1964年だった。浅川マキが唱い、その詩をちあきなおみが熱唱した。今晩、NHK青山教室「福島泰樹の朗読世界」のテーマは、ジャズブルース「朝日のあたる家」！

片足はホームに残し　片足は朝日のあたる家にゆくのよ

1月23日（日）《花は散る花は散れどもギロチンに散りても花咲け、革命の友》。大阪の歌人窪田政男から韓国映画『金子文子と朴烈』ネット公開の報を受けた時、私は瀬戸内寂聴の小説『余白の春』で引用された、金子文子の短歌「花は散る……」を目にしていた。

なんという偶然だろう　獄庭の真っ赤な花を夢想していた

病人も老人もいる妊産婦も　優先席のジーンズの脚よ

1月24日（月）大逆罪が下され死刑判決を受けた金子文子が、獄舎で作った短歌に《人力車幌の中には若者がふんぞり返って新聞を読む》の一首がある。私は混雑する車内、スマホを手に「優先席」に平然と座る若者の姿を思い起こしていた。

大逆罪をはなで笑って燃え上がる　紅蓮の炎の中のまなこよ

1月24日（月）難波大助に次いで大逆罪が下された朴烈、金子文子夫妻。文子が牢獄で綴った『何が私をかうさせたか』復刻版に《ギロチンに艶れし友の魂か庭につつじの赤きまなざし》の一首がある。「1926年7月」宇都宮刑務所で縊死、23歳だった。

裕次郎にもなって歌った　港町逆巻く霧にもなって歌った

1月25日（火）「本の雑誌」3月号「文体は生き様だ」なるインタビューを受けた。そう「イッヒ・ロマン」である一人称詩型短歌は、逃れ難くこの「私」がつきまとう。ならば、そいつを逆手にとって、多様な世界に多様な私を創り出してゆこう。

1月26日（水）《地図の上朝鮮国にくろぐろと墨をぬりつゝ秋風を聴く》24人に死刑判決が下った大逆事件に、いち早く反応。「九月の夜の不平」34首を「創作」明治43年10月号に発表したのは石川啄木であった。うち12人が処刑されてから111年目の冬！

石川啄木二十四歳　面《おも》やつれ悲憤の朝を涙していた

坂本小学校の歌

1月27日（木）不覚、知らないでいた！　台東区立坂本小学校旧校舎は、閉校後4半世紀、地域住民の文化施設として役立ってきた。しかしこの3月取り壊されてしまうという。近隣住民で卒業生である私が、それを知ったのは、一昨日、「東京新聞」紙上のことであった。

大震災戦中戦後　校舎には忘れられない憶い出がある

1月28日（金）坂本小学校旧校舎の消滅は、百年の記憶を喪失するということだ。建物には、私たちの歴史と記憶が沁みこんでいる。関東大震災「復興小学校」で、B29の爆弾にも耐えた牢固にして優美な文化の粋を、台東区はなぜ保存、文化施設として活用しようとはしないのだ。

戦争や疎開の記憶、人々の歴史の窓をなぜ塞ぐのだ

利便性よりもっと大事な人々の　記憶をたどる血脈の歌

1月29日（土）町名がもつ歴史性、人々の生活の感情だとかに、頓着しない連中たちが、利便性だけで東京の地名を勝手に変えた。町名が呼び戻す、江戸以前からの歴史を、そこに去来した人々の記憶のすべてを抹殺した。いま台東区立旧坂本小学校の記憶が……。

ウイルス下も聳える母校坂本よ！　区政は歴史文化を知らず

1月30日（日）坂本小学校の正門の斜め向かいの理髪店に海保文一を訪ねた。戦後ほどなく生まれて75年、毎日校舎を見上げてきた。この間、同窓会会長として1万8千人もの卒業生の消息を管理してきた。校舎が建って96年、しかしこの人に悲しみの表情はない。

和平《ワッペー》菩薩と変じ給いてウイルスの行末　戦争、お助け下されい

1月31日（月）2月8日、立松和平が、13回忌を迎える。君は、生き物たちの未来を祈り、世界に語りかけることをやめない真摯な運動家であった。時代と人間の闇を見据え、責務に生きた誠実な作家立松和平よ。10日、吉祥寺「曼荼羅」で私は、万感をこめて君を追悼する。

2月1日（火）渋谷道玄坂の夕暮だった。酒を飲みながらの対談だった。突如君は「俺はね、死んだら福島の寺行くんだよ」と言い、つられて私も、並んで墓を建てる約束をしていた。2月10日、私は立松和平13回忌追悼コンサート「光の雨」を開催する。

肩組んで酔って歩けば青春の　道玄坂よ貧しき日々よ

2月2日（水）立松和平と出会ったのは1970年2月。第2次早大闘争のバリケードで私の歌集『バリケード・一九六六年二月』を読み感動、ついては「早稲田文学」学生編集号に短歌を書いてくれ、と言う。大塚の居酒屋で盃を交わした。茫洋とした男だと思った。

土方のような風体、貘か夢を喰う　コップに躍る春の漣

2月3日（木）立松和平よ、浅草公会堂を一杯にした「短歌絶叫20周年記念コンサート　遙かなる友へ」以来君は、各地のコンサートを実行委員長として仕切ってくれた。シンガーソングライター龍（佐藤龍一）とコンビを結成した1977年以来の協力者だった。

立松和平よ、四十七年もの歳月が過ぎていったぞ見よ　風の墓

死者の悲しみ受けて書くこと呻くこと　『光の雨』へ至る経緯か

2月4日（金）立松和平をボクシングジムに入門させたのは私だ。死者と生者が渾然と溶け合う『性的黙示録』を書いていた。精魂果てた眼を見て「危ないこいつ死ぬな」と判断した私は中目黒の「バトルホーク風間ジム」へと作家を送り込んだ。

ボクサーになるのさ揺れる砂袋　ニヒルな生の渇きも知れり

2月5日（土）強烈な読書体験は1959年、高校2年の夏。石原慎太郎『亀裂』と三島由紀夫『鏡子の家』であった。エロス！反抗！暴力！女！死！。たくさんの未知が、ボクシングに熱中する少年の私を熱くさせた。以来二人は行く手を、華麗に疾駆する道標となった。

殺す者殺される者、莫逆の　平和を願い起ちし者たち

2月6日（日）連合赤軍粛清事件を書くことなしに、1970年代の総括はない。だが、連赤幹部坂口弘著『あさま山荘1972』を歴史的資料として採用した文芸誌「すばる」連載の小説「光の雨」は、盗用問題へと発展。立松和平は苦難の底へとおい堕とされた。

権力を利するというを、だがしかしだがしかしとてほざくをやめよ

2月7日（月）連合赤軍「あさま山荘事件」があった1972年、私は愛鷹山麓の小村で墓守人の日々を過ごしていた。ほどなく山岳アジトでの「粛清」発覚……。その日を境に、反戦、反安保、大学闘争を戦った若者たちは重たく口を閉ざしてしまった。爾来50年！

木や草や殺される者と殺す者、月の光は普く照らす

2月8日（火）崩壊してゆく村と人々を描いた立松和平『遠雷』から、三部作『性的黙示録』に至り、満夫はついに殺人を犯してしまう。「草の葉一枚一枚が月光を浴びて金属の光沢をたたえていた。不用意にくさむらにでれば血だらけになりそうな気がした。」

人間の心の闇を書いてやる　虐げられた人の側から

2月9日（水）手術室に入る前、妻に「眼鏡、アイマスク、万年筆……」と言った。「アイマスク」は執筆中、仮眠をとるための必需品。立松和平よ、君は手術室にあってなお書き続けるつもりであったのか。だが、それが此の世で発した君の最後の言葉となってしまった。

2月10日（木）熱い男だと思った。大雪警報を突いて高橋伴明が、立松和平13回忌追悼絶叫コンサートに来場。筆禍事件を生んだ小説「光の雨」の無念を、高橋は映画「光の雨」で報いてくれた。連合赤軍あさま山荘事件から50年目の2月！

世に逆らい生きる男の清しさを見せてくれたぞ高橋伴明

2月11日（金）《老ボクサーとして生きてゆかんと決めたるにあゝまたわれは溺れんとする》と歌ったのは、日東拳に入門した41年前の夏。そのジムの灯も消え、いまは西日暮里のSRGボクシングジムへ、正真正銘の老ボクサーとなってバイクを駆り通っている。

ジムの鏡に映るこの俺　曝《さら》ばえて終着駅の赤い灯ともす

2月12日（土）『自伝風　私の短歌のつくり方』（言視舎）という本を書いている。1971年、愛鷹山麓での墓守人の日々……。季節は冬、囲炉裏に酒を滾らせながら聴く木枯しの音は、女の悲鳴のように悲しかった。夜の闇は深く、初めて体験する孤独感であつた。

月の光の闇に溶けいるやさしさの　孤独の夜を初めて知りき

2月13日（日）日に7本しかないバスに乗って町へ出た。最初に買ったのは、珈琲豆と灰皿、酒を沸かすブリキの銚釐《ちろり》であった。夜を待って囲炉裏の沸騰した湯に銚釐を沈めた。27歳だった。……いま毎日、『自伝風　私の短歌のつくり方』（言視舎）を書いている。

一升瓶の酒は光りて零れゆく悲しくあらばブリキの銚釐

2月14日（月）奥歯1本の抜歯に1時間半を要した。歯茎に深く根を張っていたのだ。術後、私を生み26歳で死んでいった母のことを思っていた。死因は、食料の乏しい戦時に、胎内の私に滋養のすべてを注いだためであった。それがこの奥歯だったのですね、母さん。

歯は母の骨であったかこの指は母の肉だろ　息かけてやる

2月15日（火）3月1日から解体工事が始まる台東区立旧「坂本小学校」校舎！……。理科室は、唐十郎の劇作「黄金バッド」の舞台である。今日私はその理科室で、唐組の久保井研と対談。「黄金バッド」のモデルとなった女教師・滝沢先生の想い出を語った。

そんなことをしたら心が可哀相　教えてくれた滝沢先生

2月16日（水）母校旧「坂本小学校」の美しさといったらない。大正14年に竣工、ロマンの粋を集めたアールデコ調。関東大震災、東京大空襲、戦後復興の貧しい時代、1万8千人の卒業生、地元の人々の思い出！　台東区は、なぜ無慈悲に壊してしまうというのだ。

小学校の窓は見てきた戦争を　貧しくも生きる人の姿を

2月17日（木）3月1日から解体作業が始まる台東区立旧「坂本小学校」の同窓生見学会がおこなわれている。路地が消え、マンションが林立、町の景観が喪われてゆく中、校舎は私たちに、百年の歴史を教え、町に威厳を与えてくれていた。

サッカーに興じる子らよ　百年の記憶！　無惨に消してはならぬ

2月18日（金）解体を前にした旧「坂本小学校」の懐かしい校舎を歩いた。1、2、3階、廊下南側の角は便所だ。……その配置の妙に私は思わず息を飲んだ。これがアールデコ！　大正建築の極致！　幼い私は、こんな美しい場所で学んでいたのか。母校を去って65年！

坂本小学校の便所の鏡に映りたる　老いし六年二組の俺よ

2月19日（土）解体が迫った台東区立旧「坂本小学校」校舎で、卒業生の集いがあり、受付でマジックが配られた。心ない落書で壁や窓は汚された。大正昭和平成１００年の憶い出に満ちた美しい母校を、汚さずに土に還してやりたかった。

君は母校を墨で汚すか、百年の憶い出！　壁に滲んでいるぞ

2月20日（日）解体迫る旧台東区立「坂本小学校」の校舎が、26日（土）、27日（日）の両日、一般公開される。大正14年着工の校舎には、震災戦災など百年の人々の歴史が沁み込んでいる。建物が無くなるということは、時代が、親代々の記憶が消滅することに他ならない。

幼い父　幼い母や祖父、祖母の壁に滲んで滴りやまず

2月21日（月）下町から路地が消え、高層マンションが林立してゆくなか、坂本小学校の校舎だけが、戦前を今に伝えてくれた。歴史あってこその下町であり、人々の暮らしではないのか。耐震性という虚為！　を理由に、台東区は愈々解体工事に入る。

震災に役立てようとなぜしない　人の命を護るが区政！

2月22日（火）この春刊行の「本邦初会話体幻燈小説」と銘打った『上野坂下あさくさ草紙』（人間社）に、「トミタサンねえ、このあたり空襲で焼野原んなっからねえ、坂本小学校だけなんだよ、大正、昭和の人々の思い出、とどめているのは……」の場面がある。

建物が無くなることは父母《ちちはは》の記憶が消える、私も消える

2月23日（水）区の解体の理由は、老朽化と耐震性。しかし、私たち「入谷の記憶を未来に繫ぐ会」が実施した学術検査の結果、コンクリートの純度は千年が保証された。関東大震災後の耐震性を重視した「復興小学校」で、意匠を凝らした、二度と創れぬ歴史的建造物である。

解体後は更地に晒しおくという虚為の理由の　先は明かさず

2月24日（木）先輩の唐十郎と肩を組んで校歌を唱った。感謝をこめて短歌絶叫コンサート「さらば坂本小学校よ！」を開催したのは、26年前、閉校の集いの折であった。私は最後に、「たとえ閉校になろうとも、校舎だけは遺してくれよ！」と叫んでいた。

記憶を蔑ろにしてきた戦後、日本人！　原爆さえも揉み消してきた

2月25日（金）昭和11年2・26事件とその日、坂本小学校校舎に、激しく雪は吹雪いていたことだろう。96年をこの地に在って戦争、空襲、戦後を記憶する、大正の粋を集めた校舎が3月、解体されてしまう。後は26日、27日の一般公開、そして「棟下式《むねおろししき》」を残すのみ。

熱い息を手に吹きかけて雪の朝を　登校をする学童ら見ゆ

2月26日（土）空襲時には、堅固な地下室は防空壕として人々の命を救い、空襲で家を焼かれた2000人もの人々が生活した。なぜ台東区は、校舎を維持し震災に備えようとしないのだ。……校舎解体の報に、遠路おおぜいの人々のが駆け付け別れを惜しんでいるぞ。

ほら此処が音楽室だ　みな眸燃やし唱った、故郷《ふるさと》の空

2月27日（日）最後の見学会には卒業生800人が集い、18時から「棟下式」を講堂で開催。卒業生を代表して挨拶の後私は、ギター、篠笛、ヴァイオリンで編成した最初で最後の「坂小楽団」演奏（ピアソラ「オブリヴィオン〔忘却〕」）の下、中原中也「別離」を絶叫した。

白いパラソル翳《かざ》し微笑み遠ざかる梅津先生　さよなら言えず

2月28日（月）「上野の森の　空はるか／けだかく仰ぐ　富士の山」。校歌の作詞は、復員兵の福田義男先生であった。「国の文化を　になひつゝ／世界の友と　むつみあい／互いの幸とよろこびを／とわに祈らん　高らかに」に、戦後日本への先生の理想が託されていた。

ライトバルーンに泛ぶ校舎よ　人々の記憶よ夢よ、さらばと言わず

跋

昨二〇二一年二月二十一日から、本年二月二十八日まで毎朝ツイッターに投稿した三百七十余首をもって一巻とした。名付けて『百四十字、老いらくの歌』、昨夏刊行の歌集『天河庭園の夜』（皓星社）に続く第三十四番目の歌集である。サブタイトルには、

ジムの鏡に映るこの俺　老いらくの殴ってやろう死ぬのはまだか

の一首を付した。
老いの楽しさは、来し方の、時間を存分に游ぶことであろう。
「百四十字」は、ツイートの制限字数である。

1

私にスマホを持たせツイッターを勧めたのは、「月光の会」の来栖微笑である。郵送に代わるツイッターでのコンサート告示、案内を提案してくれたのだ。
電子機器に弱い私に代わって、「管理人」を買って出てくれた氏へ、やがて私は日々の呟きを百四十字以内の短文に纏めてメールで送信するようになった。不都合がないかを点検、「ツイートしました」なる返信が、私のもとへ毎朝、届くようになった。

ならば、短歌を発信しよう、と思いたったのは、昨年の立春を過ぎた頃からのことである。夜明け前に目覚め、百字余りの短文を草し、歌に起こすことが日々の務めとなっていった。百字余りを長歌とみたて、反歌をもって応答してやるのだ。わずかに一首と、あなどってはいけない。数秒でできあがる時もあれば、しらじらと朝を迎えてしまう時もあった。

一首でへこたれてしまってはいけない。毎朝、十首を書き続けてきた人がいるぞ。訝しがる私に、塚本さんは、びっしり歌を書き連ねた重厚なノートを見せてくれた。歌人《うたびと》塚本邦雄の、歌への愛とその苦行の凄まじさを改めて思った。

2

この間、三冊の本を纏めた。歌集『天河庭園の夜』の話はすでにした。いま一冊は、一九八五年に彌生書房から刊行した小説『上野坂下あさくさ草紙』の改編版で、「本邦初会話体幻燈小説」と銘打ち人間社から復刻された。いま一冊は『自伝風　私の短歌のつくりかた』（言視舎）である。三十三冊の歌集及び歌集未収録をふくむ九千四百首の中から、百八首を選び、一首が生まれるに至るその経緯を語った。序で私は、「一首の背後には、書かれざる一千枚のドラマが啜り泣いている」と記し、跋で、その想いを

人体とはまさに、時間という万巻のフィルムを内蔵した記憶装置にほかならず、短歌の韻律とは、その集積した時間の一刹那を剔出し、一瞬のうちに現像させてみる追想再生装置にほかならない。

と披瀝し、「短歌は、まぎれもなく、記憶と感情の錯綜という複雑な音数律を内包した音楽である。」と、結んだ。

3

この間、編纂した本に『長澤延子全詩集』と重信房子歌集『暁の星』（共に皓星社）がある。敗戦後、十七歳の命を断った桐生の詩人長澤延子に「ランルの旗」（「江古田文学」68号 二〇〇八年八月）五十首を献じてから、全詩集刊行が悲願となった。爾来十三年、延子七十三回忌（昨年六月一日）の霊前に、解説「母よ、静かな黒い旗で……」百枚をしたため、八百五十頁の大冊を届けることが出来た。

どのような機縁によるのであろうか、獄舎で書き続けた十六年に及ぶ短歌作品五千六百首の編纂を、重信房子から依嘱されたのである。思えば五千九百日の刻々に標された、「革命の道で出会った戦友たち」（著者「あとがき」）への記憶と再生への生の記録である。私は、こころして跋「戦士らはわが胸に棲み」八十枚を書き上げた。

4

吉祥寺「曼荼羅」で月例「短歌絶叫コンサート」を開始して三一八年。「肉声の回復・歌謡の復権」をスローガンにステージ活動を開始して四十六年。この間、渋谷「ジァン・ジァン」、「アピア」の定例コンサート。吉祥寺「曼荼羅」、両国「フォークロアセンター」での月例コンサートを中心に国内外千七百のステージを踏破。思えば「短歌絶叫コンサート」に明け暮れた半生であった。

洵《まこと》、音楽は言葉である。然り、言葉は音楽である。

言語の通じないブルガリア、アルメニア、ウズベキスタン、カザフスタン、ロシア、モンゴル、コロンビア、フランス、アメリカ、インド、ドイツなどの国々での、わけてもコロンビア「メデジン詩祭」にメインゲストとして招かれ、開会式と閉会式で絶叫、広場を埋め尽くした数万の人々の歓呼の嵐が忘れない。

5

コロナ下とあってコンサートは激減、月々の「曼荼羅」を中心としたツイート集と相成った。東北大震災、立松和平（二月）、東京大空襲（三月）、藤原隆義（四月）、寺山修司、清水昶（五月）、樺美智子、岸上大作（六月）、たこ八郎（七月）、中上健次（八月）、関東大震災、大杉栄（九月）、中原中也、バトルホーク風間、小笠原賢治（十月）、西井一夫、松平修文（十一月）、中井英夫、菱川善夫（十二月）とツイートし続けた一年であった。思えば、追悼、死者との共闘が主題となって日は久しい。

三島由紀夫の生家にほど近いライブハウス「CON TON TON VIVO」で、二月二十六日には、2・26事件で刑死した磯部浅一の「獄中日記」を絶叫、十一月二十五日「憂国忌」には、三島由紀夫を追悼した。

演奏、作曲を永畑雅人がてがけてくれている。氏との初演は、一九八五年四月、安永蕗子がプロデュースし、熊本県立劇場で開催された寺山修司三回忌追悼「短歌絶叫コンサート　望郷」であった。以来三十七年！

6

経産省前に本尊を掲げ、マイクを立てての「ＪＫＳ日本祈禱團四十七士」による、月例祈禱法《ほう》会《え》「死者が裁く」も七年目を迎えた。立ち上げに参画した上杉清文、澁澤光紀、福島泰樹、秋山道男ら僧俗が確認し合ったことは、アウシュビッツで、ソンミ村で、関東大震災の東京で、南京で、広島で、長崎で虐殺された人々の、また戦災、震災、公害、刑死、原発関連事故死者のメディアになって、これを裁くということであった。

福島第一原発事故から十一年、国も東京電力も誰一人責任をとろうとはせず、トリチウムの汚染水を海洋に投棄しようとさえしている。辺野古基地建設を阻止しなければならない。

7

「月光歌会」も一九八七（昭和六十二）年に第一回歌会を開催して以来今月、四百二十五回を迎えた。コロナ状況下も開催に踏み切ってきた。毎回三十人からの出詠がある。重信房子が、医療刑務所から出詠。何度か、最高点を取り、参加者に刺激を与え続けた。

主宰誌「月光」も、隔月ながら奮闘。竹下洋一編集長の下、大和志保、晴山生菜編集委員に加え渡邊浩史事務局長、皓星社の楠本夏菜ら各氏の奮闘により、毎号以下の特集号を組むことができた。すなわち加藤英彦歌集『プレピシス』（ながらみ書房）、藤原龍一郎歌集『２０２Ｘ』（六花書院）、岡部隆志評論集『胸底の思考――柳田国男と近代作家』（森話社）、松野志保歌集『われらの狩りの掟』（ふらんす堂）などの新刊に加え、東北大震災十年を記念した『地震《なゐ》』、コロナ状況下の「マスク」を特集。さらに「高橋和巳　没後五十年」を特集することができた。

8

ＮＨＫ文化センター青山教室での「福島泰樹の朗読世界」では、『宮沢賢治全集』（ちくま文庫）をテキストに数年をかけて全詩集、全童話を読破。昨年四月からは「寺山修司を読む」を開講。他に、早稲田大学オープンカレッジでの「実作短歌入門」講座を中野校、八丁堀校で担当。春夏秋冬、開講に向けてのメッセージを発信し続けた。

また、テレビやラジオの出演などを予告した。

9

三十七歳から四十年近く通い続けたボクシングジム「日東拳」が、幕を下ろしたのは、三年前の二〇一九年九月。「日東拳闘倶楽部」の創設は旧くボクシング草創期の昭和四年。以来九十年、日東拳はあまたの名ボクサーを輩出してきた。母校・坂本小学校の裏にあって、子供の頃から目に馴染んでいた風景がまた消えていった。

風呂屋の脱衣場の壁に貼られた原色のポスター。身近にジムがあることが、私ら子供に不思議な緊張感を与えていた。焼跡が遊び場だった時代、有刺鉄線を歩く孤独な相貌をしたボクサーは異人であり、ボクシングジムは異界であったのだ。

10

「日東拳」への惜別の情、抑え難かったが、一念発起。「SRSボクシングジム」に入門した。ボクシングの観戦と取材に明け暮れていた頃出会い、「悲劇の驍将」と私が名付けた坂本博之が、西日暮里に開設したジムだ。

日の暮を待ち、練習着に着替え、バンテージやタオルを詰め込んだバッグを背負い、バイクを駆るのである。「御願いします!」と一礼。リングシューズを穿き、両拳にバンテージを巻き、汗除けのキャップを被る。柔軟体操、シャドーを終えると、中島吉謙(元日本スーパーバンタム級王者)トレーナーから声がかかる。「ジャブ! ワンツー! アッパー」と矢継ぎ早に差し出すミットに、素早くパンチを打ち込む。汗だくになって帰宅、シャワーを浴びる。至福の瞬間である。七十九歳、死ぬまで通い続ける。

11

ところで、これまで私は『荒野の歌――平成ボクサー列伝』(河出書房新社)など三冊のボクシング評論集を刊行してきた。さらにこの間、書き溜めたもの二冊を刊行し、この世におさらばをしたいと思っている。一冊目のタイトルは、蔵前国技館の大鉄傘を揺るがした世紀の一戦、ピストン堀口Vs玄海男に遡る『繃帯《バンテージ》の歌――昭和ボクサー列伝』だ。中折を被った若き日の父が見える。ボクシングは、この世で最も美しい定形詩型である。

12

不覚、私が母校、台東区立坂本小学校の校舎が、今年三月から解体作業に入るという報を知ったのは、今年の一月二十五日になってからのことであった。

解体の理由は「耐震性」と「老朽化」であるという。

解体まで三十三日しかない！　徒歩五分の距離に居住していながら、知る機会を逸していたのだ。二月になって、「入谷の記憶を未来に繋ぐ会」の中村出、小林一雄、渡辺尚恵と名告る人々が来訪。若き建築家、設計会社社長、文化財保存学研究者たちだ。彼らは昭和初期建築の銭湯「快哉湯」や「矢島写真館」などの保存に尽力してきた。三月解体の台東区立旧「坂本小学校」校舎の記憶を伝えるためにも、卒業生である私に会長になってくれと言うのだ。

13

坂本小学校の創立は、明治三十二年、下谷区入谷尋常小学校として発足。関東大震災後の大正十四年十一月に国策による「復興小学校」として起工、翌十五年十一月新校舎落成。耐震性に重点を置いた鉄筋コンクリート三階建て。豪壮な外観に比べ内部は、大正モダニズムの粋を集め、アールデコ調の曲線美……。「入谷の記憶を未来に繋ぐ会」が実施した学術調査に同行、改めて私はその美しさに息を飲んだ。コンクリート調査の結果、強度は以後一千百年の風雪に耐えることが保証された。「耐震性」「老朽化」も問題はない。校舎の地下室は、防空壕として人々の命を救い、東京大空襲の戦災者二千人が戦後も長く居住していた。一九九六年、閉校後校舎は、地域住民の文化施設として利用されてきた。

なぜに台東区は、震災時の被災者救援に役立てようとしないのだ。台東区に説明を求めた。しかし区議会は解体後の土地の使用目的も明かさないまま解体を決議。残る道は「工事差し止め」があるのみ……。

14

上野の杜の博物館も、廃墟と化した浅草「国際劇場」もすぐ傍に見えた。

焼野原の中、空襲の炎に炙られた校舎が、戦艦のように腰を据えていた。やがて焼跡にバラックが建ち町は復興した。昭和二十四年春、坂本小学校に入学。以来、七十三年。日々、変わりゆく風景の中にあって、母校が此処に在るということが、心を支えてくれた。記憶の共有、そう歴史に支えられて生きているという、実感があったのだ。畏友西井一夫は言った。「土地には日付があり、地名には謂われがある。謂れのない場所が増殖し続ける時代に、失われた時代の地図を歩くためには「場所の記憶が必要なのだ。記憶だけが情報メディアに風穴をあける」(『昭和二十年東京地図』筑摩書房)

一九九六年三月、創立百年を間近に閉校となった、母校と恩師への謝恩をこめて「閉校式」の後、音響、照明など自費を投じ短歌絶叫コンサート「さらば坂本小学校の灯よ！」をフルバンドで開催。ゲストに迎えた先輩の唐十郎と肩を組んで校歌を歌った。あれから二十六年目の二月。私は「入谷の記憶を繋ぐ会」の人々と、二十六、二十七日の両日、解体を前にお別れの「棟下ろし式」を開催、千人ちかい卒業生が記憶の沁みこんだ教室や廊下、木の階段、漆喰の壁や窓に別れを惜しんでいた。そこには恩師や亡き級友たちが、在りし日の姿で微笑んでいるにちがいない。

15

思えば、度重なる緊急事態宣言の発動に右往左往、コロナ下の東京オリンピック開催に否を唱え、辺野古土砂埋立に心を傷めた、母校解体に至る一年であった。痛かったのは山と渓谷社の編集者だった三島悟の死だ。氏は私を登山に誘《いざな》い、山岳写真家・望月久とのコラボ、写真歌集『愛しき山河よ』を刊行してくれた。雷鳴轟く岩手山頂、はた日本海沿いの吹雪の食堂で飲んだ酒が忘れられない。

そして十一月には、松村重紘が逝った。第五歌集『風に献ず』（一九七六年刊）の頁を捲ると、「そして十年、紘武館道場主の招集により新築なりし道場に参する者七人」の詞書がある。以後、松村が代々木に開いた丈術道場紘武館が、早大闘争を戦った同期生たちの集いの場となったのである。稽古始めや試演会には毎年、道場に酒瓶を林立させ館長と伍し剛毅な酒を呷ったものである。相次ぐ友人たちの死、「老いらく」とは、死別に耐えることであるのかもしれない。井出彰の死も骨身に沁みるほどに痛かった。

早大文学部の同期で、露文科の活動家だった。週刊書評紙「日本読書新聞」に入社。一九七〇年、よど号ハイジャック、三島由紀夫割腹事件では、いち早く特集を組み、編集長の辣腕を振るった。七一年三月、井出は、いきなり「前衛短歌への更なる叛旗」なる一文を「日本読書新聞」一面に書かせ、私の評論デビューを果たしてくれた。「定型を突き破るとき、もしかしたら体制を解体することが出来うるのではないかという想念にひとり微笑む」と二一七歳の私は不敵な笑みを浮かべている。

「図書新聞」社長の時代も長かった。日大文芸学科の講師室で顔を合わせた。彼の故郷は箱根大平台温泉、大逆事件で処刑された内山愚童の林泉寺近く。愚童の仕事を約束したが果たせなかった。

16

作家高橋三千綱ら知友の死。李麗仙、瀬戸内寂聴ら一会の人々の死。老いてなお生きるとは、死別を重ねる日々を生きることに他ならない。川俣水雪、そして二月をもって、短歌の投稿を終了してからも、訃報は相次いだ。主宰誌「月光」の冨尾捷二、そして「月光」創刊（一九八八年）以来の同人佐久間章孔。氏は、私の「短歌絶叫コンサート」静岡公演を聴いて短歌を書き始めた人。絶詠は歌誌「月光」68号「白い花の咲く頃」十五首。中に、「われわれの時はむなしく過ぎ去って肺腑を白く染めるウイルス」の一首があった。

コロナウイルスは生活様式を一変させた。家族葬もその一つだ。遺族が死者を囲ってしまう。四十九日が来て始めて知友の死を知ったりする。せめて柩に眠る男の肩を叩き、しっかり歩いて行けよと声をかけてやりたかった。

慶事を挙げれば、五十余年にわたる研鑽を結実させ、早大以来の畏友大平茂樹（宏龍師）が、日蓮教学七百年の歴史に珠玉の一石を投じた大著『日蓮遺文の思想的研究』（東方出版）を上梓したことであった。

連合赤軍粛清事件から五十年、そして関東大震災九十九年の秋ではある。

ウクライナの悲惨は私に、大震災時の虐殺を炙り出し、東京大空襲の記憶を烈しくさせた。私を背負い業火の中を逃げ惑う祖母の必死を思う。

17

終りに、ツイート管理者の来栖微笑氏に御礼申し上げる。出社時の慌ただしい朝を、一年間一日も欠かさず、私からのメール原稿をチェック、スマホに不慣れな私に代わって投稿を支えてくれた。昨夏刊行の歌集『天河庭園の夜』に引続き、皓星社晴山生菜氏の手を煩わせることとなった。装幀は間村俊一氏が引受けてくれるという。出会ってから三十五年、歌集、評論集の他、絶叫カセット、ビデオ、ＣＤ、ＤＶＤなど五十点もの装幀を手がけてくれた。お二人に記して御礼申し上げます。

二〇二二年九月三十日　　福島泰樹

坂本小学校の便所の鏡に映りたる　老いし六年二組の俺よ

福島泰樹　歌集一覧

歌集

『バリケード・一九六六年二月』	一九六九年十月	新星書房
『エチカ・一九六九年以降』	一九七二年十月	構造社
『晩秋挽歌』	一九七四年十一月	茱萸叢書　草風社
『転調哀傷歌』	一九七六年四月	国文社
『風に献ず』	一九七六年七月	国文社
『退嬰的恋歌に寄せて』	一九七八年三月	沖積社
『夕暮』	一九八一年九月	砂子屋書房
『中也断唱』	一九八三年十二月	思潮社
『望郷』	一九八四年六月	思潮社
『月光』	一九八四年十一月	雁書館
『妖精伝』	一九八六年七月	砂子屋書房
『続　中也断唱〔坊や〕』	一九八六年十月	思潮社
『柘榴盃の歌』	一九八八年十一月	思潮社
『蒼天　美空ひばり』	一九八九年十月	デンバー・プランニング
『無頼の墓』	一九八九年十一月	筑摩書房
『さらばわが友』	一九九〇年十二月	思潮社
『愛しき山河よ』	一九九四年三月	山と渓谷社
『黒時雨の歌』	一九九五年二月	洋々社
『賢治幻想』	一九九六年十一月	洋々社
『茫漠山日誌』	一九九九年六月	洋々社
『朔太郎、感傷』	二〇〇〇年六月	河出書房新社
『デカダン村山槐多』	二〇〇二年十一月	鳥影社
『月光忘語録』	二〇〇四年十二月	砂子屋書房

『青天』　二〇〇五年十一月　思潮社
『無聊庵日誌』　二〇〇八年十一月　角川書店
『血と雨の歌』　二〇一一年十二月　思潮社
『焼跡ノ歌』　二〇一三年十一月　砂子屋書房
『空襲ノ歌』　二〇一五年十二月　砂子屋書房
『哀悼』　二〇一六年十月　皓星社
『下谷風煙録』　二〇一七年十月　皓星社
『うたで描くエポック　大正行進曲』　二〇一八年十一月　現代短歌社
『亡友』　二〇一九年十月　角川書店
『天河庭園の夜』　二〇二一年六月　皓星社
『百四十字　老いらくの歌』　二〇二二年十一月　皓星社

全歌集

『遥かなる朋へ』　一九七九年五月　沖積社
『福島泰樹全歌集』　一九九九年六月　河出書房新社

選歌集

現代歌人文庫『福島泰樹歌集』　一九八〇年六月　国文社
現代歌人文庫『続　福島泰樹歌集』　二〇〇〇年十月　国文社

定本・完本歌集

『定本　バリケード・一九六六年二月』　一九七八年十一月　草風社
『定本　中也断唱』　二〇一〇年二月　思潮社

アンソロジー

『絶叫、福島泰樹總集篇』　一九九一年二月　阿部出版

台東区立坂本小学校

福島泰樹（ふくしま・やすき）

1943年3月、東京市下谷區に最後の東京市民として生まれる。早稲田大学文学部卒。1969年秋、歌集『バリケード・一九六六年二月』でデビュー、「短歌絶叫コンサート」を創出、朗読ブームの火付け役を果たす。以後、世界の各地で朗読。全国1700ステージをこなす。単行歌集34冊の他、『福島泰樹歌集』（国文社）、『福島泰樹全歌集』（河出書房新社）、『定本　中也断唱』（思潮社）、評論集『追憶の風景』（晶文社）、『自伝風　私の短歌のつくり方』（言視舎）、ＤＶＤ『福島泰樹短歌絶叫コンサート総集編／遙かなる友へ』（クエスト）、CD『短歌絶叫　遙かなる朋へ』（人間社）など著作多数。毎月10日、東京吉祥寺「曼荼羅」での月例短歌絶叫コンサートも38年を迎えた。

歌集　百四十字、老いらくの歌

ジムの鏡に映るこの俺　老いらくの殴ってやろう死ぬのはまだか

2022年12月30日　初版第1刷発行

著　者　福島泰樹

発行所　株式会社 皓星社

発行者　晴山生菜

組　版　藤巻亮一

〒101-0051　東京都千代田区神田神保町3-10
宝栄ビル6階
電話：03-6272-9330　FAX：03-6272-9921
URL http://www.libro-koseisha.co.jp/
E-mail：book-order@libro-koseisha.co.jp

印刷・製本　精文堂印刷株式会社

ISBN978-4-7744-0779-1 C0092